新マンガゼミナール

古典常識

パワーアップ版

Gakken

はじめに

『源氏物語』の主人公、光源氏の一生を追いながら、彼が生きた時代の古典の世界を理解するのが本書の目的です。古典常識を身に付け、当時の時代を鮮明にイメージすることができれば、スムーズに古文を読むことができるはずです。

入試最頻出作品である『源氏物語』（以下『源氏』）を題材に選ぶことには何のためらいもありませんでした。ただ、『源氏』は数多くの人物が登場する、非常に複雑な構成をもった長編です。本書では、この物語のすべてを冗長にとりあげるのではなく、光源氏の一生に物語のポイントを絞り、「光源氏物語」として再構成しました。

ここにとりあげたのは『源氏』における入試最頻出箇所や最重要箇所。ただ、原作に登場する人物やエピソードは一部割愛《かつあい》したことになりますが、原作の面白さは決して損なわれてはおりません。楽しんで読んでいくことができますよ。

『源氏』という文学史上に残る大作は非常に手強く、原作の面白さを失わずに再構成させる作業には大変な困難が伴いました。『源氏』はなかなかその本質をあらわにしてはくれないのです。また、シナリオだけでなく、建物や調度品、服装に至るまでを原典に忠実に再現する作業も並大抵のことではなかったのです。制作期間は二年を超え、シナリオやラフコンテをもとにした内容検討会議はトータルで二十日間に及びました。

本質的でありながらユニークな本書を完成することができたのは、シナリオライターの吉田順氏、熊アートのかなゆきこ氏、そして校閲の飯田美智子氏、村上明日子氏の力に負うところが多かったと思います。この場を借りて感謝申し上げます。完全に参考書という概念を超越したものをつくりあげることができたと思っております。

なお、本書は電子書籍化されております。昔の人が薄暗い部屋の中、ロウソクの灯火《ともしび》で読んでいた古文を、我々は電子化されたマンガで気軽に楽しむ。これも何か不思議な感じがします。

好きこそものの上手なれ。

富井　健二

もくじ

マンガの中の仮名遣いについて

重要語句には、歴史的仮名遣いと現代仮名遣いの両方を付した。

例

歴史的仮名遣い

更《かう》《コウ》衣《い》

現代仮名遣い

ただし、人名については、すべて現代仮名遣いとしてある。

例　桐壺更衣《きりつぼのこうい》

監修：富井健二　マンガ：かなゆきこ（熊アート）
シナリオ：吉田順　校閲：飯田美智子、村上明日子
本文デザイン：益子いずみ（熊アート）
編集協力：相澤尋、関谷由香理、高木直子

『光源氏物語』

時は千年の昔、
平安時代。京の都に、
闇夜を照らす月の
ような皇子が誕生
したという。

第一話　光源氏誕生

およそ千年の昔——
宮中《きゅうちゅう》に一人の男の子が誕生した
おおっ
なんと美しい男子よ
……
桐壺帝《きりつぼてい》
桐壺更衣《きりつぼのこうい》
未来の※帝《みかど》候補 第二皇子の誕生だ!!
光源氏《ひかるげんじ》

第一皇子の母弘徽殿女御《こきでんのにょうご》
おのれっ 桐壺更衣 格下の身分の 分際で
安心しなさい！
次の※東宮《とうぐう》は あなたです!!
グッ
かくなるうえは …わかって おろうな

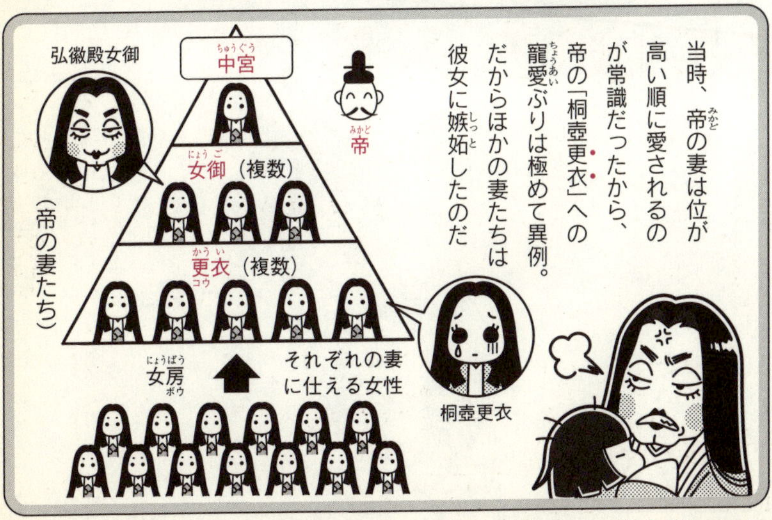
当時、帝《みかど》の妻は位が高い順に愛されるのが常識だったから、帝の「桐壺更衣」への寵愛《ちょうあい》ぶりは極めて異例。だからほかの妻たちは彼女に嫉妬《しっと》したのだ
中宮《ちゅうぐう》
帝《みかど》
弘徽殿女御
女御《にょうご》（複数）
更衣《かうい》《コウ》（複数）
（帝の妻たち）
女房《にょうばう》《ボウ》
それぞれの妻に仕える女性
桐壺更衣

※ 帝《みかど》＝天皇。天皇を表す古語には帝（御門《みかど》）、上《うへ》《ウエ》、主上《しゅしゃう》《ショウ》、内《うち》、内《うち》の上《うへ》《ウエ》、君《きみ》、大君《おほきみ》《オオ》がある　※ 東宮《とうぐう》（春宮《とうぐう》）＝皇太子

帝がお呼びでございます
帝に溺愛《できあい》される桐壺更衣は
ほかの妻たちにとって
じゃまな存在だった
※清涼殿《せいりやうでん》 ※夜《よる》の御殿《おとど》
※里《さと》に帰りたいだと!?
ならんっっおまえがいなくなったら
光源氏はどうする!!
すまぬ…女御たちのことはわかっている
しかし…
おまえを離したくないのだ!!

その後も
右大臣《うだいじん》の娘
弘徽殿女御の
いじめは
執拗《しつよう》に
続いた…
ああ
息子が東宮→帝になれば、弘徽殿女御だけではなく、一族にも繁栄が約束される。天皇の妻たちが住む後宮《こうきゅう》は、貴族同士の代理戦争の場だったのだ
右大臣家の繁栄

※ 清涼殿《せいりょうでん》＝天皇が日常生活を送る場所　※ 夜《よる》の御殿《おとど》＝清涼殿にある天皇の寝室

※ 里《さと》＝「実家」の意味もある。「里下《さとさ》がり」で病気や出産のために宮中から実家へ帰ること

どうしたの
お父さま…
桐壺更衣…
おまえの母は
雲に隠れて
しまったよ…
心労の果てに
桐壺更衣が
病死したのは
すまぬ…
私の
せいだ…
光源氏—
三歳のときだった
光源氏さまー
光源氏さまー
帝が
お呼びで
ございます

はい♡
キャ〜
かわいい〜〜
光源氏
清涼殿《せいりゃうでん》
※昼の御座《ひのおまし》
いやです
私の母は
雲の向こうに
います！
新しい
母など
いりません
まあ
そう言うな
おまえの母に
よく似た
優しい
人だ
母に…？

※ 昼の御座《ひのおまし》＝天皇が日中
いらっしゃる部屋

仲良くしましょうね♡
藤壺女御《ふじつぼのにょうご》
…
それは──
あっ
光源氏の初恋だった

しかし
藤壺女御は
父の妻――
また
負けちゃった
わ
あなた
本当に
上手ね
許される
ことのない
想いだった
やがて――
光源氏
元服《げんぷく》――
光源氏さまが
元服とは…
ご立派に
なられて…
それにしても
なんと
お美しい…

※元服《げんぷく》とは成人式のこと
当時の成人は十二～十六歳のころから
喜ばしい日だというのに
光源氏さま浮かない様子ね
やっぱり※臣籍降下《しんせきこうか》となったせいじゃない？
なぜですか父上…
なぜ私を臣下に下《くだ》されたのですか？
五位といえば立派な位だ

※ 元服《げんぷく》＝男子の成人式のこと。「冠《かうぶり》《コウブリ》」もしくは「初冠《うひかうぶり》《ウイコウブリ》」ともいった

※ 臣籍降下《しんせきこうか》＝皇族が皇族から外れて臣下になること

何が不満なのだ
……
たしかに五位というのは
低い身分ではない。
四位と五位は「殿上人《てんじゃうびと》《ジョウ》」と呼ばれ、
少なくとも清涼殿の「殿上の間《てんじゃう》《ジョウ》《ま》」
にだけは、出入りすることを
許されていた
※殿上人は、雲客(うんかく)、
雲の上人(くものうへ《エ》びと)、
上人(うへ《エ》びと)、堂上(た《ト》うしや《ヨ》う)
とも呼ばれる
しかし——
なぜ皇族からお外しになったのです
※相人《さうにん》《ソウ》に光源氏を見せたことがあってな…

※ 相人《さうにん》《ソウ》＝人相を見て占いを行う人

光源氏さまの人相は
天資聡明《てんしそうめい》
まさに帝《みかど》にふさわしき
相…ただ
帝になれば
世は乱れます
かといって臣下になって
国政を助ける相でもない
まことに不思議な相です
――という
わけなのだ
光源氏を…
宮中の無益な争いに
巻き込みたくないのだよ
あの子の母桐壺更衣のようには…
――だが
周囲の人々の思いとは別に
光源氏の哀《かな》しみの理由は
ほかにあった
大人として扱われるようになれば
子どものころのようには女性と
直接会うことは
できないのである
藤壺さまとの距離が…
どんどん遠くなっていく…

元服と同時に――
光源氏は左大臣の娘 葵《あおい》の上《うえ》と結婚させられる
葵《あおい》の上《うえ》
この結婚は左大臣家を光源氏の後ろ盾《だて》にと考えた帝の計らいであった
しかし年上の葵の上と心が通い合うことはなかった
臣下に下ることで自由を手にした 光源氏――
その自由が彼の人生を華やかな色に染めていくこととなる――

第二話　満たされぬ想い

左大臣家
十七歳になり ※中《ちゅう》将《じゃう》《ジョウ》にまで
位を上げた 光源氏《ひかるげんじ》
光源氏さまって 輝くばかりに
美しい方 なんですって
正妻の 葵《あおい》の上《うえ》さまが うらやましい～
その美貌《びぼう》と 才覚《さいかく》は──
世に知れ わたっていた
もうお帰りに なるのですか？

◎平安時代の結婚形態は、男が女のもとに通うというスタイルで、通《かよ》ひ《イ》婚《こん》(妻問《つまど》ひ《イ》婚《こん》)という。男は、日暮れとともに訪問し、夜明け前に帰宅した

※方塞《かたふた》がりです
他意はない
貴族社会に深く根ざした「陰陽道《おんやうだう》《ヨウドウ》」では方角にも吉凶《きっきょう》があり、凶にあたる方角（方塞がり）への外出の際は、
いったん別の方向に泊まってから翌日、再び目的地に向かった。これを「方違《かたたが》へ《エ》」という。だが…
光源氏にとっては
堅苦しい葵の上から
離れるための口実にすぎなかった

※ 中将《ちゅうじゃう》《ジョウ》＝位でいうと四位にあたる

今回の方違《かたたが》へは、紀伊守《きいのかみ》の邸《やしき》に泊まる
かしこまりました
中流※というとこの辺りか…
そういえば昨晩頭中将《とうのちゅうじょう》が興味深い話をしていたな
―それは昨日の夜
宮中《きゅうちゅう》宿直所《とのゐどころ》※でのこと―いわゆる※「雨夜《あまよ》の品定《しなさだ》め」である
入るぞ光源氏
ああ
暇つぶしにきたぞ
女の品定めなんてどうだ？

※ 中流＝上達部《かんだちめ》、殿上人《てんじょうびと》に入らない受領《ずりょう》階級（国司《こくし》階級）のこと

※ 宿直所《とのゐどころ》＝宮中や貴族の邸で夜勤するところ。宿直《とのゐ》とは夜勤のこと

※「雨夜《あまよ》の品定《しなさだ》め」＝『源氏物語』のこのシーン（宿直中の"女の品定め"のやりとり）をこうよぶ

女といえば
上流の女を思い浮かべるかもしれないが
葵の上の兄
頭中将
弘徽殿女御《こきでんのにょうご》の妹を妻に持ち
頭中将《とうのちゅうじょう》
…のちに光源氏にとって最大のライバルとなる
しかしこの男と光源氏は
中流にも結構いい女がいるんだぜ…
不思議とウマが合った
常夏《とこなつ》の女といって可憐《かれん》で従順でいい女だったんだ
娘も生まれてさ
ますます愛《いと》しくなったんだがな…
妻に…
妻に…関係がバレて…な

で 今は
どうしている
常夏の女は
わからん
ただ…
今でも
忘れたこと
はない
……
「忘れられない
女…」か
『中流の女』…
会ってみたい
ものだ…
光源氏さま
紀伊守の邸に
到着いたし
ました

ようこそお越しくださいました
父の後妻の空蝉《うつせみ》も泊まっておりますがお気になさらずに
空蝉…
まさしく中流の女!!
カタッ
空蝉《うつせみ》
だれ？
あっ…

いけませぬ
あ…
中流の女に限らず光源氏はさまざまな女と関係を結んでいった……
身分も気位も高い
年上の女 六条御《ろくじょうのみ》息所《やすどころ》
この六条御息所
光源氏の人生に
大きな影響を及ぼすこととなる
六条御《ろくじょうのみ》息所《やすどころ》

高貴な身分でありながら
光源氏さまぁぁぁ
……!!
貧しく器量も悪い一途《いちず》なだけがとりえの末摘花《すえつむはな》
身分の高さを感じさせない花散里《はなちるさと》ー
しかし…
だれを抱きどんな恋をしても
なぜだ…
満たされない

だがそんな
光源氏を
燃え上がらせる
女が
あらわれる
あの見慣れぬ
花を取ってきて
くれぬか
あれは
身分の低い家に
多い夕顔ですね
あ・どーも
主人が
この扇にお載せ
くださいと…
これは…
心あてに　それかとぞ見る　白露の
ひかりそへたる　夕顔《ゆふがほ》《ユウガオ》の花
訳・光がまぶし過ぎて
よく見分けられないけれど
あなたは白露に光り輝く夕顔の花のような
お方ではないでしょうか

当時の男女は
最初から
直接会うことは
許されていなかったので
まず和歌を交換して
気持ちを伝えた。
この恋文を
「懸《け》想《さう》《ソウ》文《ぶみ》」という
筆を…
はい
寄りてこそ　それかとも見め　たそかれに
ほのぼの見つる　花の夕顔
訳・そばに寄って見たならその花かと
わかるでしょう。夕日に映えるその花か
どうかが…会ってください
この女を
光源氏は
夕顔《ゆうがお》と
呼んだ
だがそこに
耐え難い
悲しみが
待ち受けようとは
思いも
よらなかった
のである

第三話　はかなき恋

こんなに優しい女が
この世にいたなんて…
無邪気《むじゃき》で
初々《ういうい》しく
可憐《かれん》な…
愛《いと》しい夕顔《ゆうがお》ー
お待ち申し上げておりました
夕《ゆう》顔《がお》

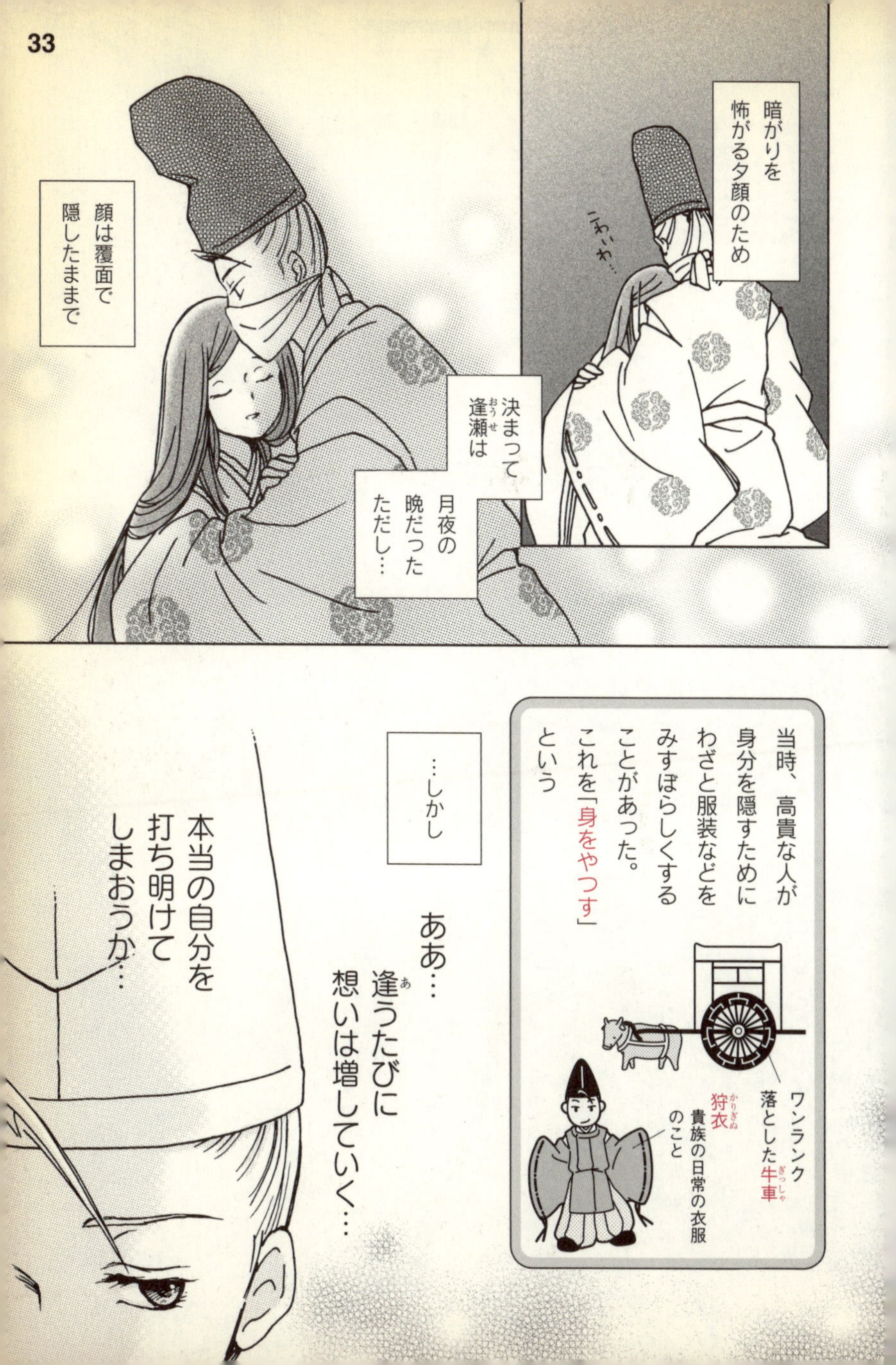
暗がりを
怖がる夕顔のため
こわいわ…
決まって
逢瀬《おうせ》は
月夜の
晩だった
ただし…
顔は覆面で
隠したままで
当時、高貴な人が
身分を隠すために
わざと服装などを
みすぼらしくする
ことがあった。
これを「身をやつす」
という
ワンランク
落とした牛車《ぎっしゃ》
狩衣《かりぎぬ》
貴族の日常の衣服
のこと
…しかし
ああ…
逢《あ》うたびに
想いは増していく…
本当の自分を
打ち明けて
しまおうか…

ガヤ
ガヤ
ああ…ここは騒がしい…
…そうだ
これから出かけませんか
どこか静かで落ち着ける場所で
でも…
夜を明かしましょう
私に…本当の
安らぎを与えてくれるのは
この女かもしれない…

ここは？なんだか荒れ果てていて
怖いわ…
大丈夫 私がついています
ああ…これであなたと
本当に二人きりになれた…
ああ…
心が
満たされていく…

んっ?
目が覚めたかい?
今まで隠していましたが…
これが私です
これを境にますます二人は惹《ひ》かれあっていった…
光源氏さま…
そして…

また
夜が訪れ
恨めしい…
二人が
眠りに
ついたころー
私を差し置いて
こんなつまらない女と…
夢?
…物《もの》の怪《け》か?

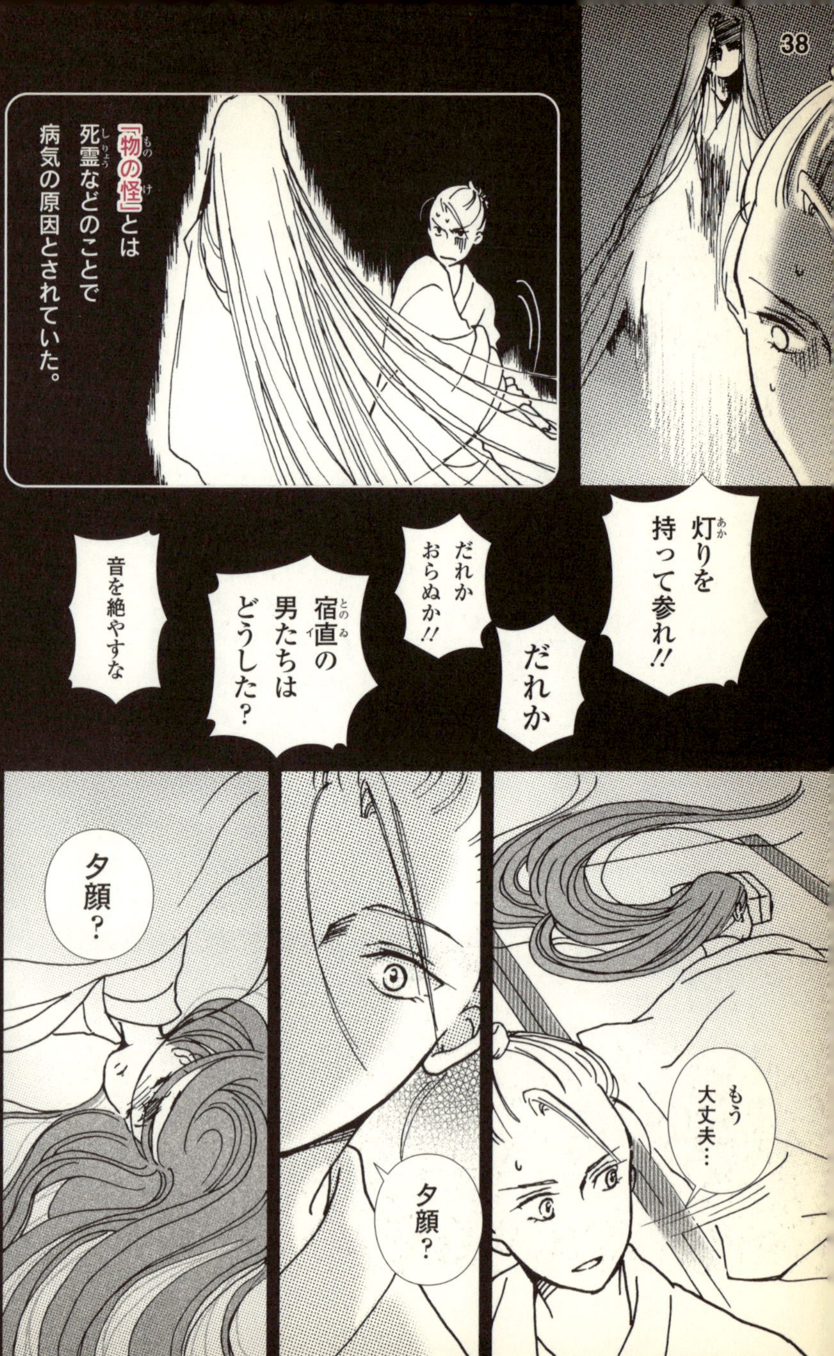
「物《もの》の怪《け》」とは
死霊《しりょう》などのことで
病気の原因とされていた。
灯《あか》りを持って参れ!!
だれか
だれかおらぬか!!
宿直《とのゐ》の男たちはどうした?
音を絶やすな
もう大丈夫…
夕顔?
夕顔?

夕顔!!
フッ
夕顔が…
死んだ?
後日ー
光源氏《ひかるげんじ》は
夕顔が
あの「常夏《とこなつ》の女」
だと知り
頭中将《とうのちゅうじょう》との間に
生まれた子を
探させるが
その行方《ゆくえ》は
杳《よう》として
わからなかった

第四話　運命の出会い

北山《きたやま》
夕顔《ゆうがお》を失った悲しみのせいであろう
なぜ死んだのだ…
いったい何を間違ったのだ…
北山を訪れたのは
名高い僧に「※加持祈禱《かぢきとう》《ジトウ》」を頼むためだった
光源氏《ひかるげんじ》は※わらは《ワ》やみを患《わずら》った
当時、病気の原因は「物の怪」のせいとされていた。「加持祈禱」は「物の怪」を退散させるための祈りのことである

※わらは《ワ》やみ＝発熱し、発作をくり返す病気

女…
このような山深い場所に…
わ〜ん
おばぁさまぁ〜
南無…
南無…
南無…
どうしたの？
雀《すずめ》がね
※伏籠《ふせご》に入れておいたのにぃ…
伏籠《ふせご》とは、その上に衣服をかけるための籠《かご》のこと。薫物《たきもの》（香《こう》）を焚《た》いた火取《ひとり》（香炉《こうろ》）を入れて衣服に香りをつけたり、火鉢を入れて衣服を乾かしたり暖めたりした
衣服
火取
薫物
籠《かご》
逃げてしまったの…
そう…
残念だったわね

うん…
若紫《わかむらさき》
似ている
初恋の
あの方に…
それは
運命の出会いだった
若紫は
藤壺女御《ふじつぼのにょうご》の姪《めい》
似ているかも
しれませんね
かわいそうな
娘です
そうでしたか
母親は亡くなり
父親とは離れて暮らし…

唯一の後《うし》ろ盾《だて》は明日をも知れない命の
この私だけ
では…
いえ やはりお断りしましょう
あなたさまに引き取っていただくにはまだ幼すぎます
たしかに若紫は幼すぎる…
心配したぞ黙って出かけるから
頭中将《とうのちゅうじょう》!!
光源氏迎えに来たぞ～
私の心が…

本当に
望んでいる
ものは――
私は
今まで
自分に嘘《うそ》を
つき続けた
夕顔が死んでしまったのも
そのせいかも
しれない
でもこれからは
自分に正直に生きる―
私が本当に
ほしいのは…

もうすぐ都が見えるな
桐壺帝《きりつぼてい》も心配しておられたぞ
あっ そういえば藤壺女御が
※里下《さとさ》がりなさるそうだ
………!!

※里下《さとさ》がり＝病気や出産のために宮中から実家に帰ること。里帰り

自分の『心』に正直に…
早く病を治して
戻って来るのだぞ
はい…帝さま
藤壺女御を求めることは父である桐壺帝を
裏切るということ

光源氏が歩もうとしているのは
まさに許されざる道であった

第五話　罪

先ほど使いの者が
参りまして…
光源氏《ひかるげんじ》さまが
藤壺《ふじつぼ》の実家
北山《きたやま》での
加《か》持《ぢ》《ジ》祈《き》禱《たう》《トウ》を終えられて
都にお戻りになられたそうです
そう?
葵《あおい》の上《うえ》もさぞお喜びでしょう
藤壺女御《ふじつぼのにょうご》

だが光源氏が
向かったのは
葵の上のもとでは
なかった――
お待ちください!!
困ります!!
なにかしら?

光源氏!!
ど…どうしたの
こんなところへ
お慕《した》い
申し上げて
おりました
あのときから…
ずっと…

…ずっと
いけません!!
光源氏は
義理の母である
藤壺女御と
関係を
もった——
あっ…
自分の心に
正直に
後悔は——
しないつもり
だった
しかし……
それは
禁断の逢瀬《おうせ》

道中無事であったか？
藤壺は固く口を閉ざし…
はい…
二度と光源氏と会おうとはしなかった
そして…
数か月後ー
光源氏今日は
めでたい日なのだよ…
実はな…
藤壺女御が子を宿《やど》したのだ

懐妊《かいにん》!?
その日以来 光源氏は 毎晩 夢に うなされる ようになる
さらに ※夢占《ゆめうら》で 不思議な 予言が…
三人の お子を 授《さず》かります…

※夢占《ゆめうら》＝夢から吉凶《きっきょう》を占うこと。夢の吉凶を占う人（「夢解《ゆめと》き」）に夢を判断させる風習があった。この時代、夢は現実に関係があるものと強くとらえられていた　（→別冊P.30）

一人は太政《だいじゃう》《ジョウ》大臣《だいじん》に一人は后《きさき》に
そして…もう一人は帝《みかど》になるでしょう
「一人は帝に…」
もしや…
光源氏の想いを知る由《よし》もない桐壺帝《きりつぼてい》は
ふさぎがちな藤壺女御を慰《なぐさ》めるために
頻繁《ひんぱん》に※管絃《くわんげん》《カン》の宴《うたげ》を催《もよお》した
これだけ近くにいるのに会えないとは…

この音色を
あの人は
どんな想いで
聞いているの
だろうか…
光源氏の
愛は
完全に
行き先を
失っていた
だれかに
愛を
注がねば
光源氏さま
北山《きたやま》より
僧都《そうず》が
お見えに…
心が
張り裂け
そうだった

※ 太政大臣《だいじょうだいじん》《ジョウ》＝位でいうと一位。つまり最上位の位

※ 管絃《くゎんげん》《カン》＝管楽器と弦楽器。平安貴族にとって
音楽は教養であり楽しみの一つだった

若紫《わかむらさき》の祖母である尼君《あまぎみ》が亡くなりました…
えっ…では若紫は今どうしているのです？
都に戻っております
尼君という後《うし》ろ盾《だて》を失えば
若紫は父・兵部卿宮《ひょうぶきょうのみや》に引き取られてしまう…
若紫を手に入れるには今しかない
ギシ
ギシ…
スッ

私について
来たい者は
ついて
来るがよい!!
何者だ!?
光源氏さま!?
わたしたちも
いきましょ
藤壺女御の
姪《めい》である
若紫を
育てると
いうこと
それが
光源氏の
悲しい愛の
行く先で
あった
?

第六話　驚《きょう》愕《がく》の事実

光源氏《ひかるげんじ》さまがどこからか女君を引き取ったんですって
最近お見えにならないと思っていたらそういうこと…
葵《あおい》の上《うえ》さまおかわいそうに…
二条院
初めは泣いてばかりいた若紫《わかむらさき》も次第に光源氏に打ち解けていった
光源氏さま〜

どこかにお出かけ？
※参内《さんだい》だ帝《みかど》に呼ばれてね
これでいい…藤壺《ふじつぼの》女御《にょうご》に
ギュッ
私と離れるのは寂しいかな？
生き写しの
そんなことありません
若紫はもう大人です
はっ
若紫とともに私は
いじわるっ

※ 参内《さんだい》＝宮中（内裏《だいり》）に行く（参上する）こと

生きていくのだ……
この二月
藤壺女御は
御子《みこ》を
出産
葵の上と
上手《うま》くやって
いるのか？
おまえが
素性の知れぬ
女君を
囲っている
らしいという
噂《うわさ》を耳にしたぞ
オギャー
オギャ
私も…
もう
年老いた
オギャア
帝《みかど》の位は
弘徽殿女御《こきでんのにょうご》の
子である
東宮《とうぐう》に譲り
引退しようと
思っている
だからこそ
おまえには
落ち着いて
ほしいのだ
オギャア

面倒な話はこれくらいにして
ちょっと待っていてくれ
落ち着いて…か
藤壺女御のことはもう忘れなければ…
美しい子だろう
抱いてみるか?
その子を見ていると
おまえが生まれたときのことを思い出す
ああ本当におまえの幼いころに
よく似ている
…私に…似ている?

……やはり
私の子!!
光源氏
おまえに
生き写しの
ようだよ…
『…もう一人は帝に
なるでしょう』
あの夢占……
生まれた子は
藤壺と光源氏の
不義の子
その事実を
桐壺帝《きりつぼてい》は
知らない
光源氏は
さらなる
秘密を
背負うこと
となる
御子の
将来を思い
母方の力を
強めて
おきたかった
桐壺帝は
藤壺女御を
※中宮《ちゅうぐう》とした

一方――
弘徽殿女御は
東宮の母である
にもかかわらず
女御のまま
ははうえ
おちついて
くやしい～
東宮
帝の藤壺への
寵愛《ちょうあい》ぶりが
うかがえる
二十歳に
なった
光源氏は
官職も
※宰相《さいしょう》《ショウ》と
なっていた

※ 中宮《ちゅうぐう》＝天皇の正妻　※ 宰相《さいしょう》《ショウ》＝参議《さんぎ》。四位だが三位以上と同様に上達部《かんだちめ》とされる

しかし
やるなぁ
おかげで
おまえの後の
舞いは
やりづらい
すっ
どうした?
飲まん
のか?
少し酔った
夜風に…
当たってくる

光源氏の心は
罪の意識で
耐え難い
ほどに
なっていた
この心の痛みを
分かち合えるのは……
藤壺さまに
会いたい
藤壺さまに
会いたい
照りもせず
曇りも
はてぬ…
会いたい
会いたい
会いたい
藤壺さまではない
…しかし
美しい声だ
春の夜の
朧月夜《おぼろづきよ》に

似るものぞなき
どなた!?
何をなさるの!?
人を呼ぶわよ!!
呼んでも無駄です私は何をしても許される身
何もかも私の自由となるのです

この方は！
光源氏さま？
朧月夜《おぼろづきよ》
何をしても
許される…か
本当に
求めることは
何一つ
許されないのに──
この女の
正体が
政敵である
弘徽殿女御の
妹であること
など知る由も
なかった
この逢瀬《おうせ》が
のちに
波乱を
生むこととなる

第七話　生霊

「藤壺《ふじつぼ》への想いから逃れられない」
桐壺帝《きりつぼてい》は退位した後院《ゐん》《イン》となり
弘徽殿女御《こきでんのにょうご》の息子である東宮《とうぐう》が朱雀帝《すざくてい》として即位
そんな光源氏《ひかるげんじ》をよそに
弘徽殿女御は皇太后となり弘徽殿大后《おほきさき》《オオ》と呼ばれるようになった
時代は大きく動き続けていた
これにより覇権《はけん》は右大臣家へと傾いていく——
新しい東宮は藤壺中宮《ちゅうぐう》と実は光源氏との子である若宮に決定
東宮は一人宮中《きゅうちゅう》に残され
ははうえ…

東宮を頼む
桐壺院と藤壺中宮は院の御所に移っていった
それと…六条御息所《ろくじょうのみやすどころ》にも
寂しい思いをさせることのないように…
やがて正妻葵《あおい》の上《うえ》が懐妊《かいにん》
光源氏はこれまでより葵の上のもとへ通うようになる
…一方
私のことよりも今は葵の上さまを
大切にしてあげてくださいませ

しかし…
気丈《きじょう》な言葉とは裏腹に
六条御息所の嫉妬《しっと》は
賀茂祭《かものまつ》り前日の
御禊《ごけい》の儀《ぎ》で起きた
事件をきっかけに
自分自身でも
抑えきれないほど
燃え上がっていく
こととなる
この日――
御禊の行列の光源氏を
見ようとお忍びで
あらわれた御息所と
結果
御息所は車を壊され
隅に追いやられて
しまい――
光源氏の姿を
見ることも
できなかった
恥ずかしい…
くやしい…

気晴らしになればと女房たちが連れ出した葵の上とが鉢合わせしてしまう
そこで葵の上の車が御息所の車を押しのけようとして小競《こぜ》り合いとなったのである
光源氏の第一の妻でありそのうえ懐妊中の葵の上
それに比べて今の私は…
このことにより御息所の中にくすぶり続けていた葵の上への嫉妬心は

炎へと変わった

※賀茂祭《かものまつ》りと※御禊《ごけい》の儀《ぎ》

賀茂祭りは**陰暦四月**に行われる賀茂神社でのお祭りで、牛車や冠、家の軒などに葵の葉を飾ったことから葵祭《あふひまつ》りとも呼ばれた。京の都の代表的な祭りで、**祭りといえば賀茂祭り**（＝**葵祭り**）をいった。祭り前日には「**御禊の儀**」が行われることもあった。

御禊の儀とは、神に仕える斎宮《さいぐう》や斎院《さいゐん》になる未婚の皇女が賀茂川で行う禊《みそぎ》の儀式である

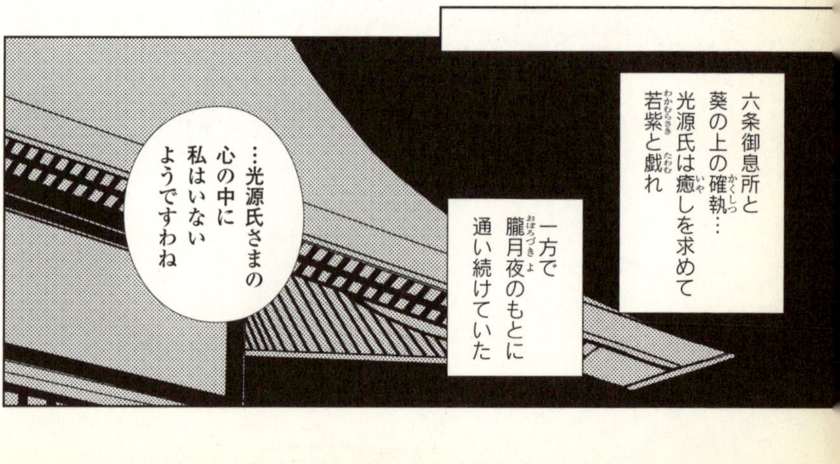
六条御息所と葵の上の確執《かくしつ》…光源氏は癒《いや》しを求めて若紫《わかむらさき》と戯《たわむ》れ
一方で朧月夜《おぼろづきよ》のもとに通い続けていた
…光源氏さまの心の中に私はいないようですわね

…
ただ
…私は
弘徽殿大后の妹
関係が発覚すれば
大変なことに…
それなのに
なぜ？
たしかに…
危険を
冒《おか》してまで
なぜ
私は
このようなことを
続けている
のだろう…
葵の上が
産気づいた!?
それで様子は!?
それが…
物《もの》の怪《け》に
取り憑《つ》かれて
大変なことに

もう…お会いできないかと…
…はじめて抱きしめてくださった
そこには普段の取り澄ました葵の上はいなかった
光源氏は初めて葵の上と心が通い合うのを感じた
すまぬ…
はっ
葵の上!!

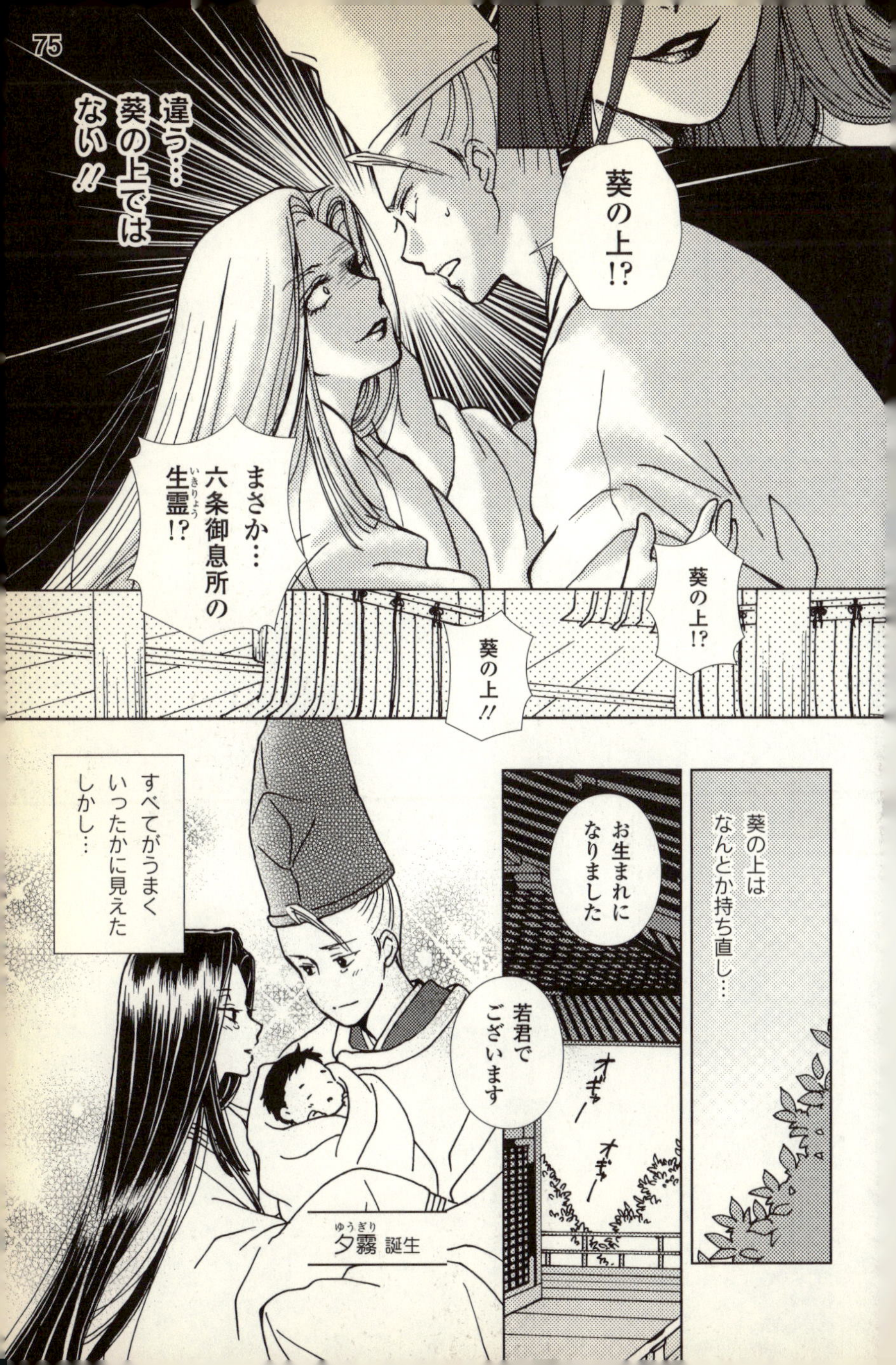
葵の上!?
違う…葵の上ではない!!
まさか…六条御息所の生霊《いきりょう》!?
葵の上!?
葵の上!!
葵の上はなんとか持ち直し…
お生まれになりました
若君でございます
オギャー
オギャー
すべてがうまくいったかに見えたしかし…
夕霧《ゆうぎり》誕生

葵の上さまがご無事に出産されたそうです
…そう
六条御息所の体からはなぜか安産の祈禱《きたう》《トウ》で用いられる芥子《けし》の匂いが染みついて離れなかった…
出産からしばらくたったある夜――
火が…
あっ…

葵の上
しっかり
してくれ!!
私たちは
これからでは
ないか!!
心が通ったのも
束《つか》の間——
葵の上は他界
光源氏の心は
さらなる
深い闇《やみ》へと
沈んでいった…

第八話　破滅

左大臣家から
光源氏《ひかるげんじ》が
戻ったのは
葵《あおい》の上《うえ》の
※四十九日が
明けての
ことだった
若紫《わかむらさき》
元気だった
かい？
はいっ
美しい…
藤壺《ふじつぼ》さまに
ますます
似てきた……
思えば葵《あおい》の上《うえ》のことは―
すべて私が
悪かった
のだ
葵の上さま～
六条御息所《ろくじょうのみやすどころ》が物《もの》の怪《け》に
なってしまわれたのも
もとはと言えば
私が冷たい
振る舞いを
したせい―

※ 死者の供養と喪に服す期間「四十九日」のことを「七七日(なななぬか)」といった。
この期間は肉食などを避け、服や食器も黒っぽく統一された

しかし…
私はもう
※近衛大将《このゑのたいしやう》《エショウ》の身分
しっかり
しなければ…
心静かに…
そう
大きく
なったね
光源氏さま
なんか
変……
?
若紫と—
若紫…
あっ…
なに?
いやあ…!!

※ 近衛大将《このゑのたいしやう》《エショウ》＝三位にあたる官職

その三日後…
枕元には「三日《みか》の餅《もちひ》《モチイ》」が置かれ――
※三日《みか》の餅《もちひ》《モチイ》
（三日夜の餅）
「三日の餅」は新婦の家で新郎新婦に供される結婚を祝う品
※若紫の場合は、特別な例で、新郎である光源氏が準備した
ホーラ若紫ー
おモチだよー
きげんなおしてー
ぷいっ
※裳着《もぎ》も立派に行われた
若紫はこれより紫《むらさき》の上《うえ》と呼ばれることとなる
きれいだよ

こころ静かに暮らすのだ
紫の上とともに……
このときの決意はたしかに本物だった…しかし
…光源氏は気づいていない
未だ消えることのない心の底にある藤壺への想いに
一方——
六条御息所は光源氏への思いを断ち切ろうと
斎宮《さいぐう》となる娘と一緒に伊勢に下《くだ》る決意をした
行ってしまわれるのですか…

※ 裳着《もぎ》＝女子の成人式のこと→別冊P.22

「斎宮《さいぐう》」（＝いつきのみや）とは、天皇ゆかりの神社である「伊勢神宮」で、神に仕える未婚の皇女のこと。「伊勢神宮」に「斎宮」が入ることを伊《い》勢《せ》下《くだ》りという。
天皇ゆかりの神社にはもう一つ「賀茂神社」がある。「賀茂神社」で神に仕える未婚の皇女は「斎院《さいゐん》」と呼ばれた。
桐壺院《きりつぼいん》が※崩御《ほうぎょ》されました!!
※崩御《ほうぎょ》＝天皇・上皇・皇后などが亡くなること

!
桐壺院は右大臣家の勢力を
抑えて左大臣家との均衡を保つ
役割を担っていた
その死によって右大臣家が完全
に実権を掌握《しょうあく》
弘徽殿大后《こきでんのおおきさき》らの左大臣家への
締め付けはとても厳しく
恐れをなした人々は―
次第に光源氏に寄りつかなくなっていった…
いいのか?
私といると頭中将《とうのちゅうじょう》の立場も危うくなる…
構うものか!!

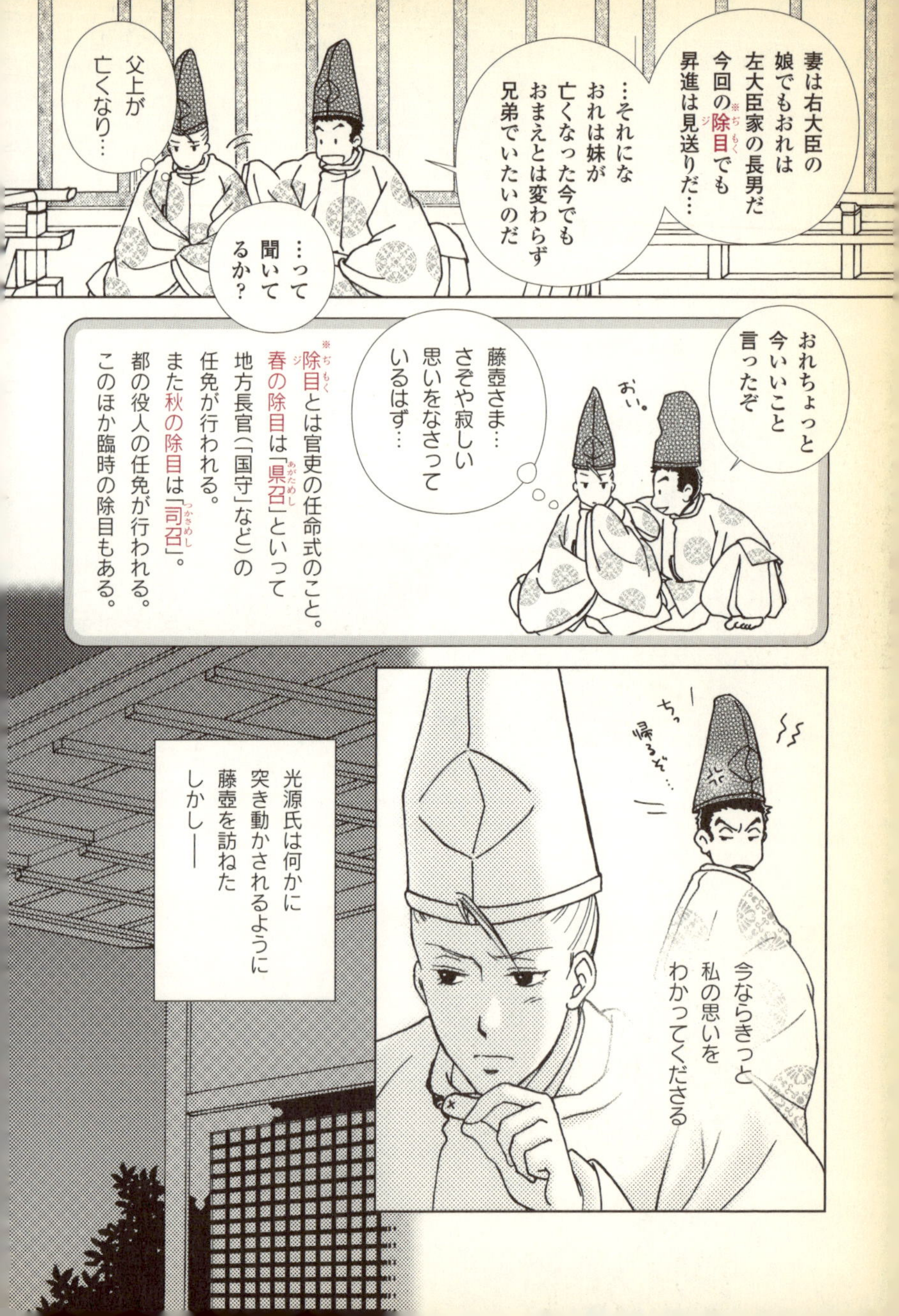
妻は右大臣の娘でもおれは左大臣家の長男だ今回の※除目《ぢもく》でも昇進は見送りだ…
…それにな おれは妹が亡くなった今でもおまえとは変わらず兄弟でいたいのだ
父上が亡くなり…
…って聞いてるか？
おれちょっといいこと言ったぞ
おい。
藤壺さま…さぞや寂しい思いをなさっているはず…
※除目《ぢもく》とは官吏の任命式のこと。春の除目は「県召《あがためし》」といって地方長官（国守）などの任免が行われる。また秋の除目は「司召《つかさめし》」。都の役人の任免が行われる。このほか臨時の除目もある。
ちっ 帰るぞ…
今ならきっと私の思いをわかってくださる
光源氏は何かに突き動かされるように藤壺を訪ねた しかし——

なぜです!!
なぜ冷たく
なさるのです!!
あなただって
私を愛して
くださっている
のでしょう!?
お帰り
ください
そう
なのでしょう
藤壺さま!!
このまま
光源氏を
拒絶し続ければ
東宮《とうぐう》を守って
貰《もら》えなくなるかも
しれない…
かといって
このようなことが
たび重なれば
東宮が光源氏との
子であると
気づかれる
恐れが…
どうすればいい!?

桐壺院の一周忌法要
藤壺中宮《ちゅうぐう》が出家《しゅっけ》なさいます
藤壺さまが!?
ざわっ
藤壺中宮の考えた末の決断だった
同時にそれは光源氏との完全な決別でもあった――
光源氏の中にある藤壺への炎のような恋心は行き場を失い
――そしてますます朧月夜《おぼろづきよ》との危険な逢瀬《おうせ》に溺《おぼ》れていった

…今や朧月夜は
兄である朱雀帝《すざくてい》の妻…
そのうえ
あの弘徽殿大后《こきでんのおおきさき》の
妹でもある
…二人の関係が
発覚すれば
私は窮地《きゅうち》に……
それが
わかっていながら
なぜ
私は
危険な逢瀬を
続けるのだろう…
ドタ ドタ ドタ
あの足音は
お父さま!!
朧月夜
雷が凄《すご》かったが
大丈夫か?
はい
お父さま
なんとも
ありませんわ
ん?
これは…
男物の帯!!
中にだれか
いるのか!?

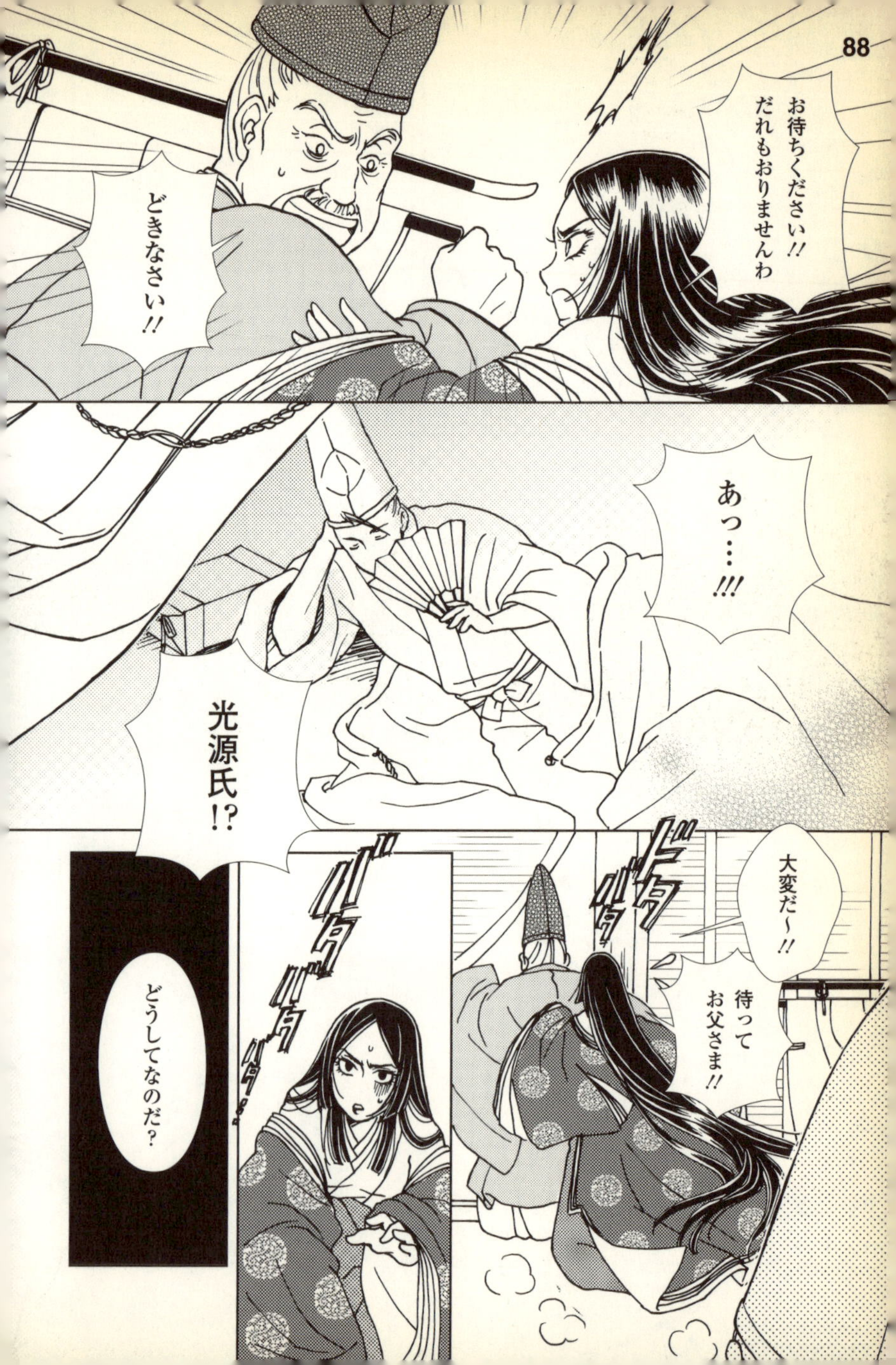
お待ちください!!
だれもおりませんわ
どきなさい!!
あっ…!!!
光源氏!?
大変だ～!!
待って
お父さま!!
どうしてなのだ?

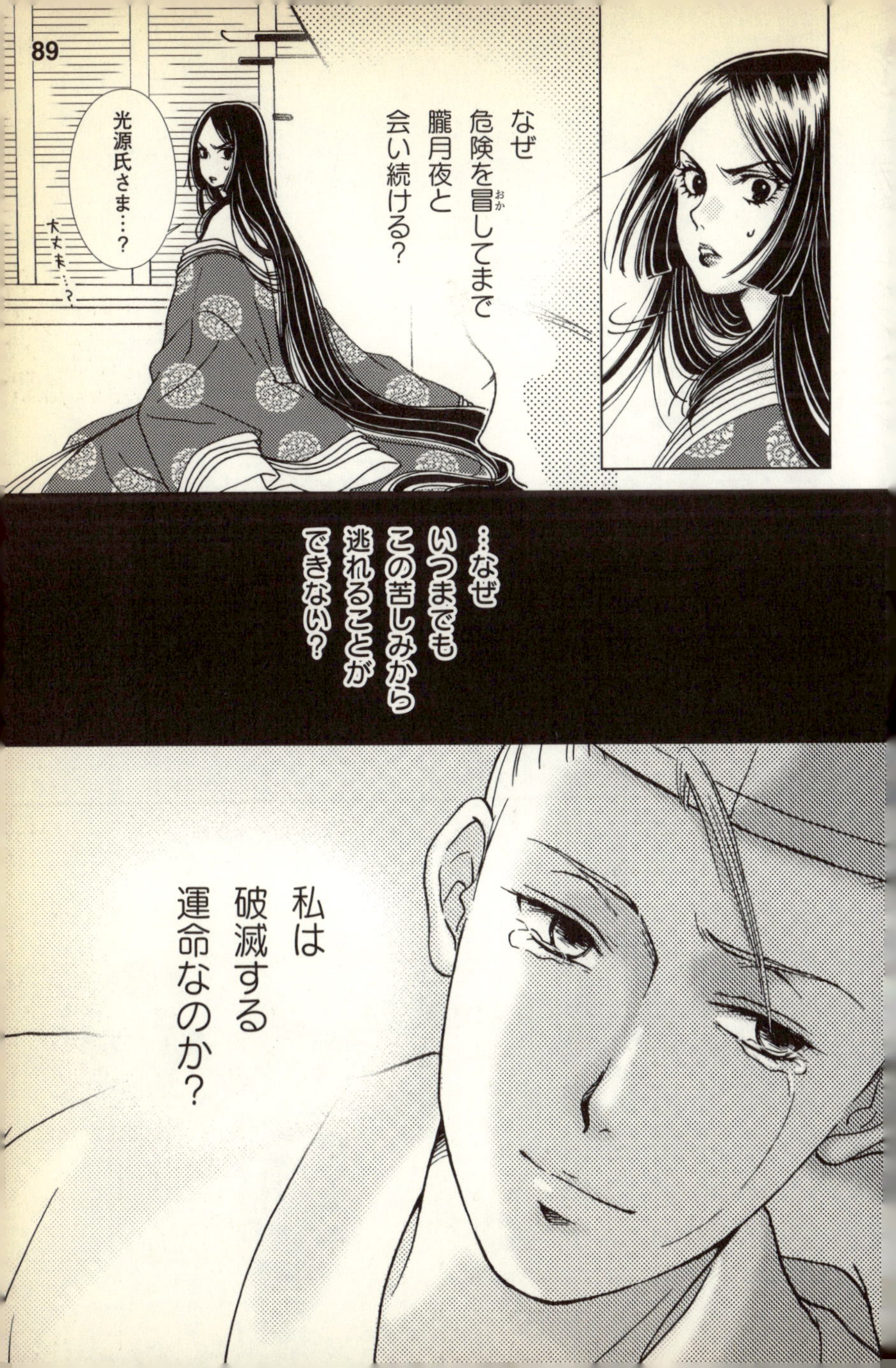
なぜ
危険を冒《おか》してまで
朧月夜と
会い続ける？
光源氏さま…？
大丈夫…？
…なぜ
いつまでも
この苦しみから
逃れることが
できない？
私は
破滅する
運命なのか？

「光源氏物語」人物相関図①

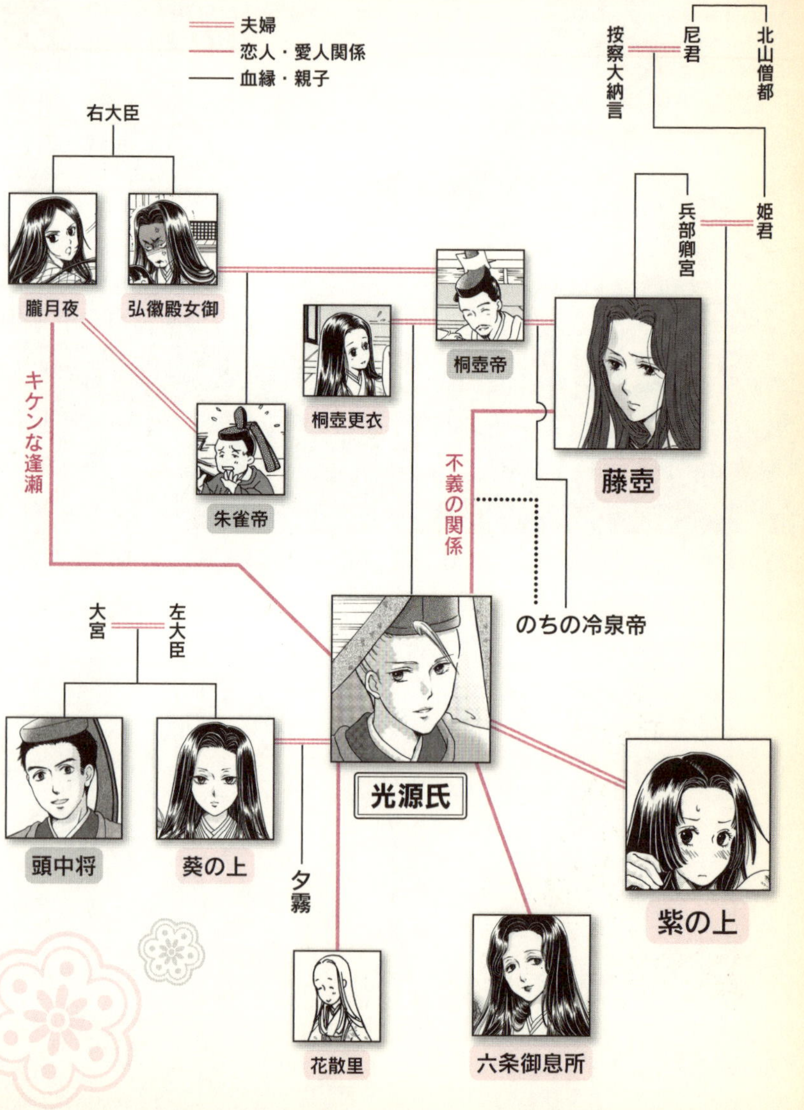

夫婦
恋人・愛人関係
血縁・親子
右大臣
朧月夜
弘徽殿女御
桐壺更衣
桐壺帝
朱雀帝
キケンな逢瀬
不義の関係
藤壺
北山僧都
尼君
按察大納言
兵部卿宮
姫君
のちの冷泉帝
大宮
左大臣
光源氏
頭中将
葵の上
夕霧
紫の上
花散里
六条御息所

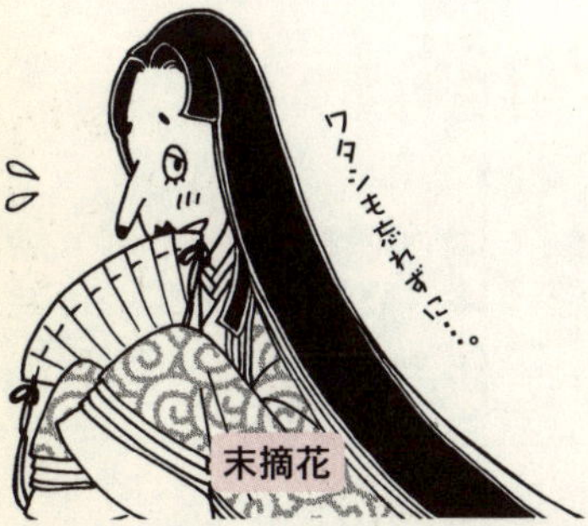
ワタシも忘れずに…。
末摘花

第九話　この世の果て

光源氏《ひかるげんじ》が
須磨《すま》の浦へと
下《くだ》ったのは
光源氏さま
どうか
ご無事で…
二十六歳の
春だった
朧月夜《おぼろづきよ》との
密会が発覚
右大臣派の人々は
光源氏の
官位を剥奪《はくだつ》し
流罪《るざい》をも検討
次は流罪よ!!
流罪となりすべてを
失うよりは
出家を―
とも考えたが
出家すれば
東宮《とうぐう》も
息子・夕霧《ゆうぎり》も
後《うし》ろ盾《だて》を失う
ことに…そして
紫《むらさき》の上《うえ》は…
光源氏は
全財産を
紫の上に託《たく》し
自ら都を
離れることを
決意した
ここが
須磨か…

大海原《おおうなばら》に舟が一艘《いっそう》
まるで今の私のようだな
月や海が私の情念を
洗い流してくれているような気もする
ああ…孤独だ
宮中《きゅうちゅう》での月の宴《うたげ》が懐かしくもあるが
孤独な生活で穏やかな心を取り戻せそうだ
都《みやこ》を離れて…一年か

光源氏
須磨で心を澄ましてるつもりか？
う…
よっ
元気そーじゃないか
頭中将《とうのちゅうじょう》!!
右大臣家の目があるのに頭中将大丈夫なのか
気にするな
都の様子は？
おまえがいなくなってまるで火が消えたようだ
みんな寂しがってはいるが…

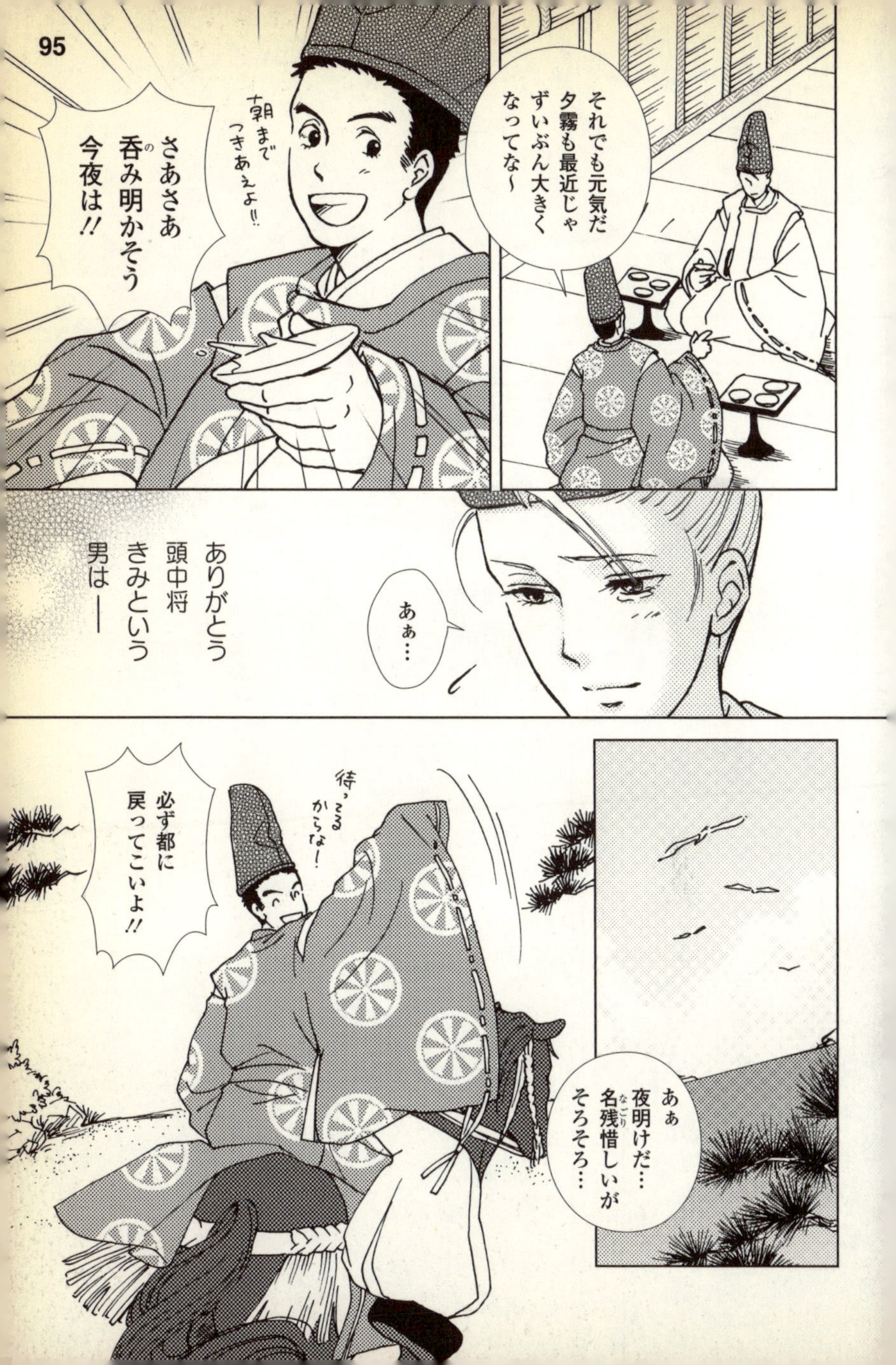
それでも元気だ
夕霧も最近じゃ
ずいぶん大きく
なってな〜
朝まで
つきあえよ!!
さあさあ
呑《の》み明かそう
今夜は!!
あぁ…
ありがとう
頭中将
きみという
男は——
あぁ
夜明けだ…
名残《なごり》惜しいが
そろそろ…
待ってる
からな!
必ず都に
戻ってこいよ!!

あぁ…また孤独の日々か…
キィィィ
…一方で
光源氏とかかわろうとする者は容赦《ようしゃ》しないよ!!
都からの便りも弘徽殿大后《こきでんのおおきさき》の締め付けのせいなのかふっつりと途絶えた
ゴゴゴゴ
その手紙だれに送るつもり?
ぎくっ
私がどんな罪を犯したというのだろう…
藤壺《ふじつぼ》さまとの逢瀬《おうせ》か? …しかし思えばあれも
※宿世《すくせ》に翻弄《ほんろう》されたまでのことかもしれぬのに…
光源氏さま
雨です
ポツ
ポツ
ゴオオオ
凄《すご》い雨だ!!
激しさが増してきたぞ

※ 宿世《すくせ》＝宿命。前世からの因縁《いんねん》

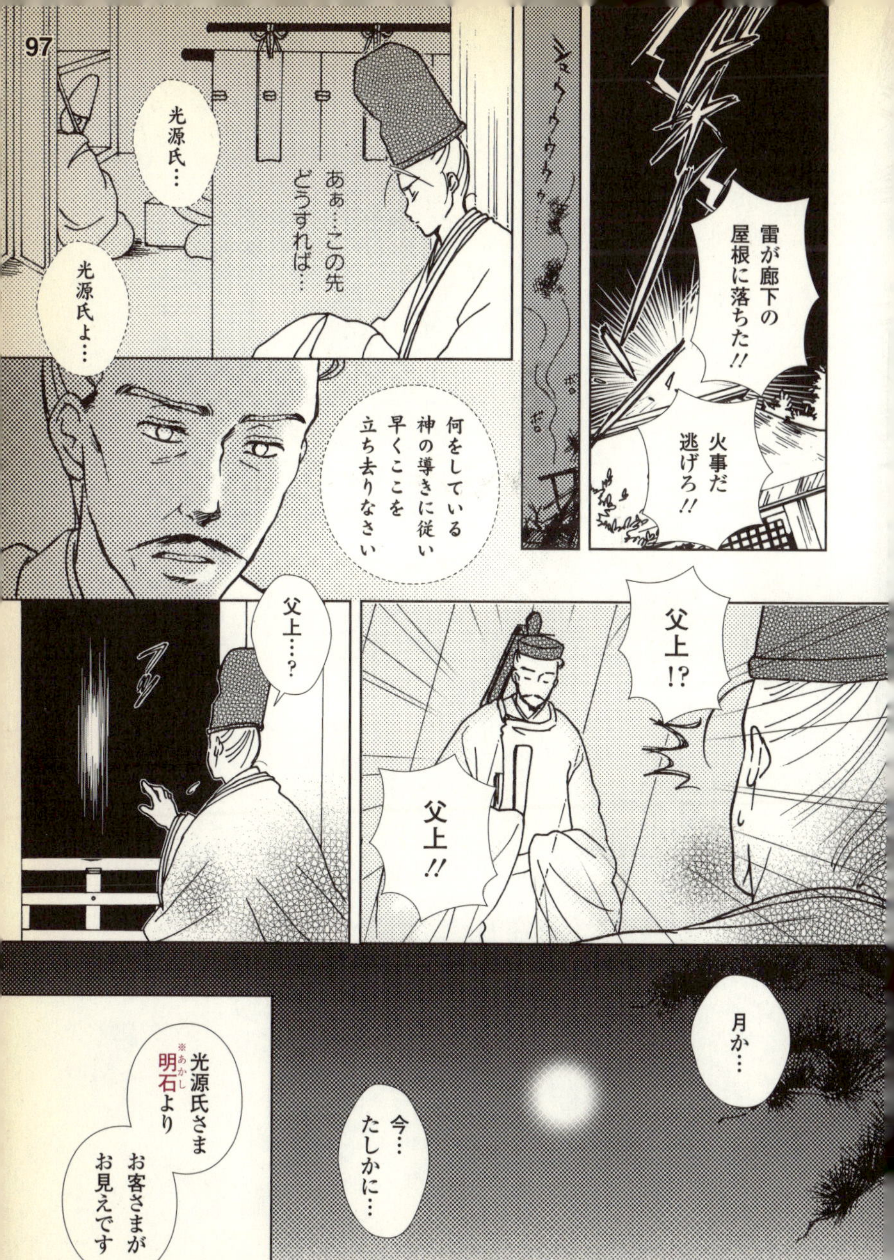
雷が廊下の屋根に落ちた!!
火事だ逃げろ!!
ああ…この先どうすれば…
光源氏…
光源氏よ…
何をしている神の導きに従い早くここを立ち去りなさい
父上!?
父上!!
父上…?
月か…
今…たしかに…
光源氏さま※明石《あかし》より
お客さまがお見えです

※ 明石《あかし》は月の名所。明るいという意味の「明《あか》し」と掛けられることが多い

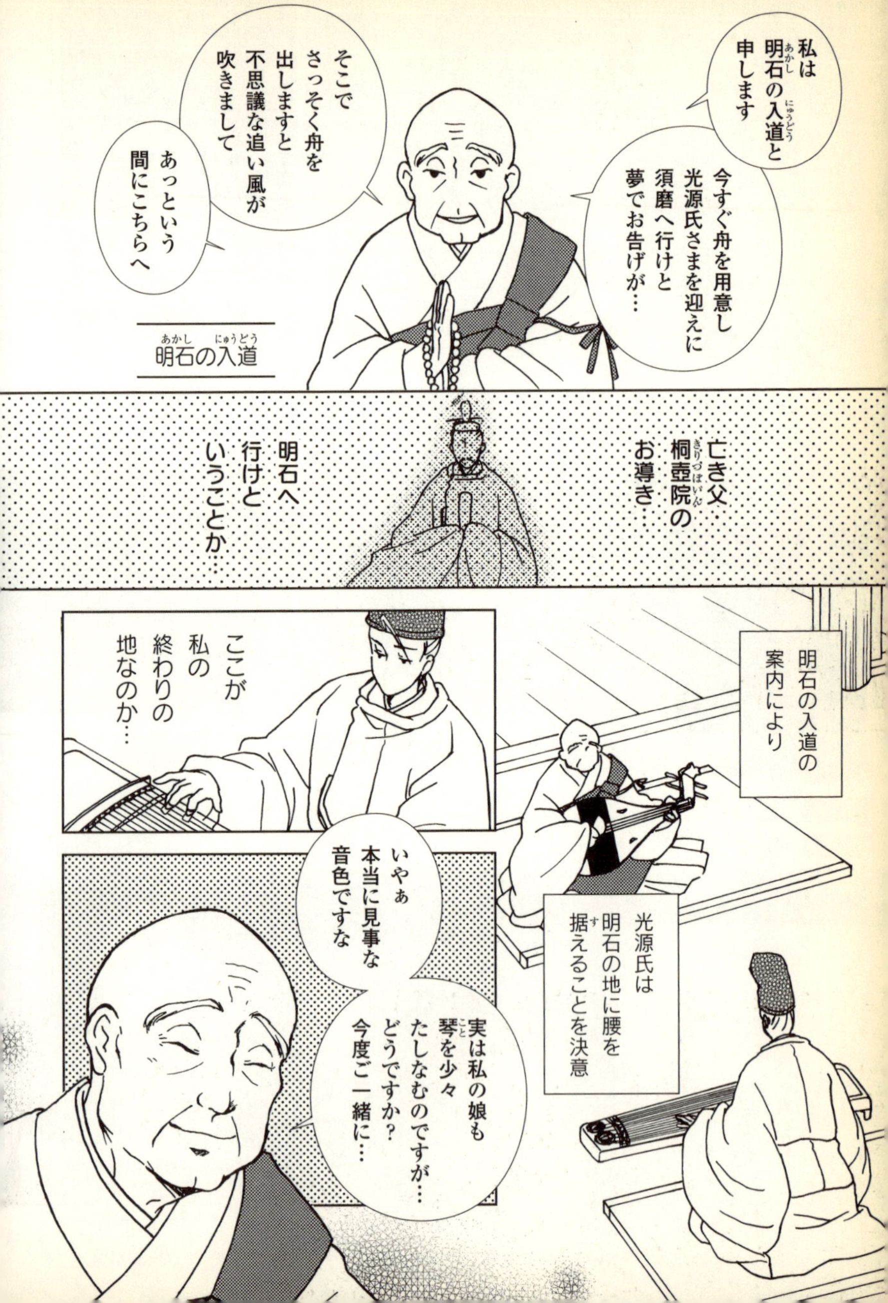
私は明石《あかし》の入道《にゅうどう》と申します
今すぐ舟を用意し光源氏さまを迎えに須磨へ行けと夢でお告げが…
そこでさっそく舟を出しますと不思議な追い風が吹きまして
あっという間にこちらへ
明石《あかし》の入道《にゅうどう》
亡き父・桐壺院《きりつぼいん》のお導き…
明石へ行けということか…
明石の入道の案内により
ここが私の終わりの地なのか…
光源氏は明石の地に腰を据《す》えることを決意
いやぁ本当に見事な音色ですな
実は私の娘も琴《こと》を少々たしなむのですが…どうですか？今度ご一緒に…

〝娘を私にもらってほしい〟
明石の入道それが狙《ねら》いなのか…
初めのうちは
都に残してきた紫の上を思い明石の入道の申し入れを断っていた光源氏だったが…
光源氏さまは今ごろ…
どうしていらっしゃるかしら…
紫の上
…しかし
母
うまくいくかしら?
大丈夫きっと娘を気に入ってくれる
父
明石の入道
明石《あかし》の君《きみ》ですね

むつごとを　語りあは《ワ》せむ　人もがな
うき世の夢も　なかば覚《さ》むやと
訳・親しい言葉を交わしあえる人がほしいのです
そうすれば浮き世(憂《う》き世)の苦しい夢も
半ば覚めるかもしれないと思って
明けぬ夜に　やがてまどへ《エ》る心には
いづれを夢と　わきて語らむ《ン》
訳・明けることのない夜の
闇《やみ》を彷徨《さまよ》っている私には
どれを夢だと判断して
語ればよいのか
わかりません
あなたを夢から覚ますなんて
私にはできないのです
私では身分が つり合いません… やがて捨てられる のがおち…
そんなことは ありません
思いもかけず ここまで私が 流れてきたのも
きっと あなたに巡《めぐ》り 会うため…
私たちは そういう宿世《すくせ》 だったのです

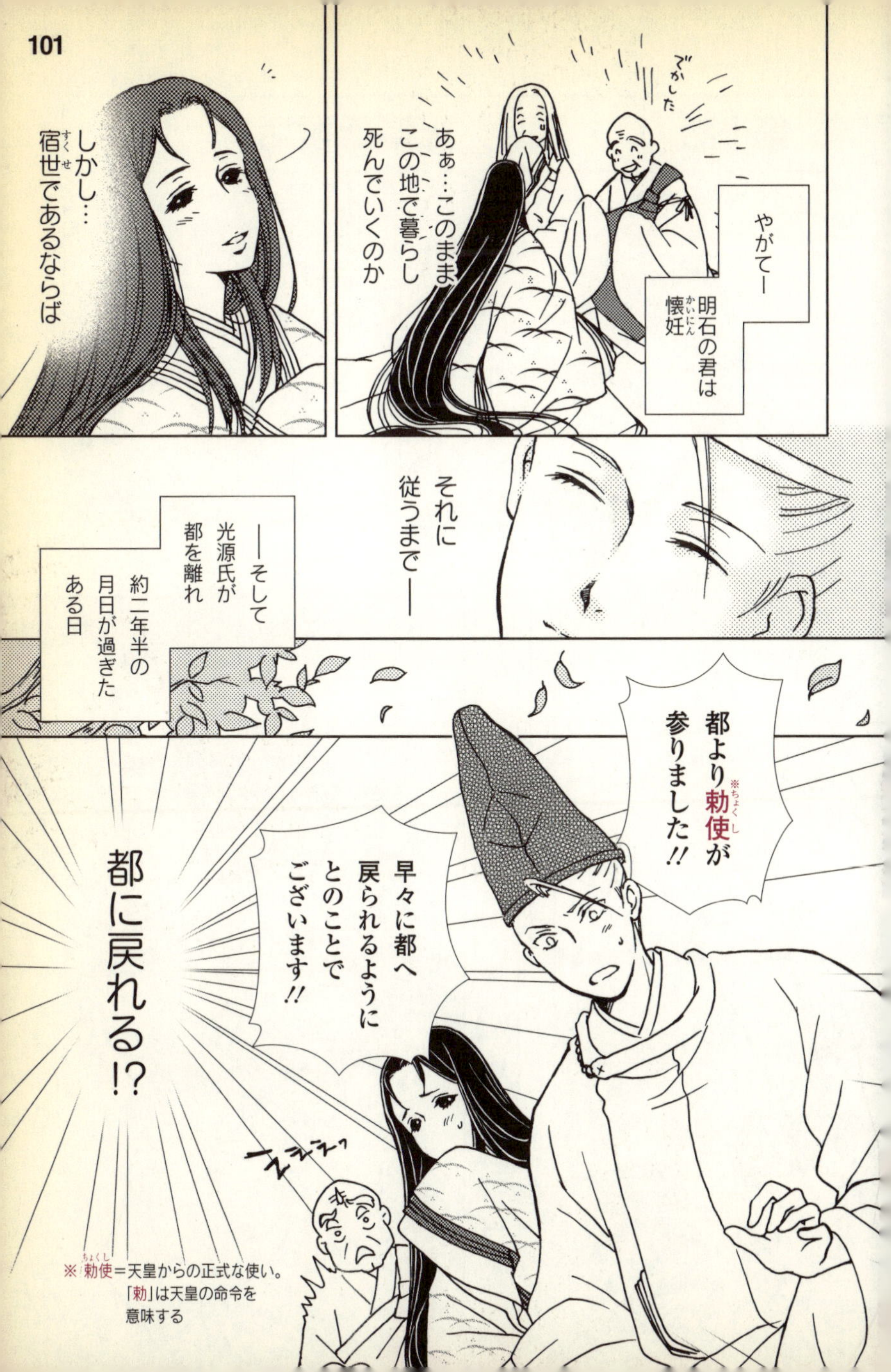
でかした
やがて—
明石の君は懐妊《かいにん》
あぁ…このまま この地で暮らし 死んでいくのか
しかし… 宿世《すくせ》であるならば
それに従うまで—
—そして 光源氏が都を離れ 約二年半の月日が過ぎた ある日
都より勅使《ちょくし》が参りました!!
早々に都へ戻られるようにとのことでございます!!
都に戻れる!?

※勅使《ちょくし》＝天皇からの正式な使い。「勅」は天皇の命令を意味する

第十話　光源氏復活

明石《あかし》の君《きみ》…
私は都《みやこ》へ戻ら
なければ
ならなくなった
最後に琴《こと》の
名手だという
あなたの
その音を
聞かせては
くれない
だろうか
あぁ…なんて
悲しい音色なのだ…
こんなにも
私を愛してくれて
子まで身ごもっている
明石の君を
置いていかなくては
ならないとは…
しかし…

私はもう
この都で
戦う決意を
したのだ
紫《むらさき》の上《うえ》
光源氏《ひかるげんじ》さまがお帰りに!!
会いたかっ…
た!!

私がどれだけ寂しかったかおわかりには
ならないでしょうね!! 明石の君と一緒だったのですから
それは誤解だ あなたほどの人はどこを探してもいるはずがない
ぎゅっ
会いたかった 紫の上…
光源氏さま…
帝《みかど》…お加減がよろしくないとか…
あぁ…平気だ…それより
よく戻ってきてくれた
父・桐壺院《きりつぼいん》にあなたのことを頼まれていたのに
都から追い立ててしまった…
私が目を患《わずら》い…母の弘徽殿大后《こきでんのおおきさき》が病に倒れたのも
当然の報《むく》いだ…
朱雀帝《すざくてい》

先日…夢枕《ゆめまくら》に父上が立たれて
叱《しか》られたよ…
須磨や明石の暮らしはさぞ辛《つら》かったろう許してくれ…
何をおっしゃるのです
もったいないお言葉…
二人の心が通い合うのに時間はかからなかった——
光源氏は権大納言《ごんだいなごん》となり華やかに復活を遂げ
やがて——
朱雀帝は譲位宮中《きゅうちゅう》を去っていった
あとは頼んだよ〜
新しい帝《みかど》には光源氏と藤壺《ふじつぼ》の子である東宮《とうぐう》が
冷泉帝《れいぜいてい》
冷泉帝《れいぜいてい》として即位

――立派になられた
明かすことはできなくても
冷泉帝はわが息子
あぁ…あの夢占《ゆめうら》の通《とお》りになった
〝三人のお子を授かります…〟
帝とは冷泉帝
夕霧《ゆうぎり》は恐らく太政《だいじゃう》《ジョウ》大臣《だいじん》に
…だとすると后《きさき》は？
光源氏さま明石よりの知らせです
無事に女の子を出産されたとのことです
后となる娘の誕生!!
藤壺《ふじつぼ》、葵《あおい》の上《うえ》、明石の君
子を産んだ彼女たちとの出会いはすべて…

宿世《すくせ》だったのだ…
※内大臣《ないだいじん》となった光源氏は須磨・明石時代に自分に仕え続けた者たちを厚遇《こうぐう》
わぁぃ
待ち続けた女たちには生活の援助を
花散里《はなちるさと》
よくぞご無事で…
夫の死後継子が私に言い寄るのが耐えられない…
夫と死別し出家した空蝉《うつせみ》をも見捨てようとはしなかった
忘れないでいてくださったなんて!!
援助を受けた女の中には末摘花《すえつむはな》のような変わり種もいた
し・あ・わ・せ♥
……

※ 内大臣《ないだいじん》…官位でいうと二位にあたる。右大臣と左大臣の下で補佐をつとめる役。「うちのおとど」ともいう

一方――冷泉帝即位により
※斎宮《さいぐう》の任を解かれた娘と
ともに都に戻ってきた
六条御息所《ろくじょうのみやすどころ》は
重い病にかかり
出家してしまう
お久しぶりです
本当に…
六条御息所…どうぞ横になられて…
いえ…このままでそれより…
ご覧のとおり私はもう長くありません…
このようなことを頼める立場ではないのですがお願いが……
でも私がいなくなれば娘には身寄りがなくなります
どうかあの娘の後《うし》ろ盾《だて》になってやってください

※ 新帝の即位に合わせて、伊勢神宮に仕える斎宮と賀茂神社に仕える斎院も交代となる

わかりました 心配しないで ください…必ず
これで本当に お別れです 光源氏さま…
一週間後――
お母さま…？
六条御息所は 息を引き取った
お母さま…
光源氏は 御息所の言葉に 従って娘の 後《うし》ろ盾《だて》となった
この娘は後に入内《※じゅだい》 梅壺女御《うめつぼのにょうご》と呼ばれる ようになる

※ 入内《じゅだい》＝天皇の妻（皇后《くゎうごう》《コウ》・中宮《ちゅうぐう》・女御《にょうご》など）に
決まった女性が正式に内裏《だいり》に入ること

そして――
藤壺は 太上天皇《だいじょうてんのう》に 相応する地位に
光源氏
よく お戻りに…
――女院《にょういん》と 呼ばれるように なっていた
不思議だ… 藤壺さまの前に いても以前のように 動揺する ことがない
今はこの方を ともに時代を 駆け抜ける…
※太上天皇《だいじょうてんのう》＝譲位した天皇のこと＝上皇《じょうこう》・法皇《ほうおう》・院《いん》
※女院《にょういん》＝天皇の生母などに与えられる称号＝門院《もんいん》

同志と思えるような気がする…
光源氏…
自らの宿世《すくせ》を背負う覚悟ができたようですね…
こうしてあなたの青春は幕を閉じるのですね
これより光源氏は権力闘争に身を投ずることとなる

第十一話　政争

当代のリーダーである
頭中将《とうのちゅうじょう》は自分の娘
弘徽殿女御《こきでんのにょうご》を
入内《じゅだい》させていた
ククク
弘徽殿女御が
中宮《ちゅうぐう》となれば
わが勢力も
増すぞ!!
ここでいう
弘徽殿女御とは、
第一話から登場して
いる弘徽殿女御(大后《おおきさき》)
とは別人物。
当時、天皇の妻は
住んでいる場所の
名前で呼ばれていた
私が現在
弘徽殿に
住んでいる
んです
あたしじゃないわよ
うーん
頭中将に先を
越されて
しまったか…
六条御息所《ろくじょうのみやすどころ》の
忘れ形見《がたみ》梅壺《うめつぼ》を
冷泉帝《れいぜいてい》のもとに
入内させたいが
朱雀院《すざくいん》が妻に
ほしいと望んで
おられるし…

ーそうですか
院が梅壺に
迷うことはありません
院のことでしたら
安心してくださって結構
それよりも弘徽殿女御は帝と同じ年ごろでまだ幼い…
梅壺のようなしっかりとした女性が必要です
しかし…
院にはお気の毒ですが…
知らなかったふりをすればよいのです
…大丈夫 私が表立って推薦するので
梅壺を入内させてしまいましょう

このころ
冷泉帝の母で
ある藤壺《ふじつぼ》は
女院《にょうゐん》として
陰の大きな
権力者と
なっていた
梅壺女御
入内
梅壺女御《うめつぼのにょうご》

やって
くれたな
中宮《ちゅうぐう》となるのは
頭中将側の
弘徽殿女御か
光源氏《ひかるげんじ》の梅壺か
これは譲れない
光源氏!!
やむを得ない
頭中将

先手を取ったのは頭中将
冷泉帝は当初
年齢の近い弘徽殿女御に
惹《ひ》かれていた
ところが…
上手だなあ
帝には絵心があり見事な絵を描く梅壺に
心が移っているご様子…
なに!?
ならばこちらは絵物語を描かせるぞ 絵師を連れて参れ!!
頭中将さまは絵師を雇《やと》って弘徽殿女御に
持たせております…
頭中将も子どもっぽいことを…だが捨ててはおけぬな

秘蔵の絵はたくさんあるのだが…
うーん…この絵は面白いけど不吉だな
これなんてどうかしら？
あぁ…これはいいかもしれないね
冷泉帝を巡る綱引きは水面下で激しく火花を散らし
きっと喜ばれますわ
さっそく梅壺へ
※絵《え》合《あは》《アワ》せへと発展ー
この絵合せもちろん遊びではあるが

平安の世にあっては権力闘争の象徴ともなった
左方は名人の作か…
すばらしい筆使い!!
現代風で華やかだわ〜
右方は深みに欠けるが面白い
素敵〜
この世のものとは思えない!!
いける!!
右方の勝ち!!
ならんだ!!
本当にどちらもすばらしい…
絵合せとは、交互に自慢の絵を出し合って優劣を競い合う遊び。歌を競う歌合せと同じく物合せの一種である。

互いに一歩も
譲らぬまま残り一枚
最後の一枚は
とっておきの
自信作!!
この勝負
もらった!!
懐かしい…
これが左方
最後の絵です
あっこの絵は
もしや!?

この絵は
須磨《すま》の浦では!?
光源氏さまがお過ごしになったあの!?
あぁ…涙が
光源氏さまの当時の寂しさが絵から伝わってくる
静かな絵だけになんと心を打つことか…
見事な出来映《できば》え
ぜひほかの絵も見てみたい
今回はおれの負けだ
あぁ…これ以上に心を惹《ひ》きつけるものなど…
決まりましたね
左方の勝利

だがこのままでは
終わらんぞ
望むところだ
頭中将
この絵合せでの勝利の後
冷泉帝の思いは梅壺に
大きく傾き――
それにより
光源氏の
権勢がさらに
強まっていく――

第十二話　真実

光源氏《ひかるげんじ》は
二条院の東に
※寝殿造り《しんでんづく》の
美しい
二条東院を
造営した

寝殿造り《しんでんづく》とは、
貴族の邸《やしき》の建築様式。
日本の風土に
合わせた構造で
開放的な
造りが特徴
（↓別冊P.8）

光源氏は縁のある女たちをこの二条東院に住まわせた
空蝉《うつせみ》
末摘花《すえつむはな》
花散里《はなちるさと》
……が
一人だけ光源氏の呼びかけに応じない女がいた
明石《あかし》の君《きみ》である
光源氏さまと離れて暮らすのは寂しいし…不安…だけど
都《みやこ》の暮らしにはどうも気おくれしてしまう
光源氏が明石の君を熱心に都へと誘うのには
明石の君への想いとは別に二人の間に生まれた娘のことがあった

…やはり夢占《ゆめうら》のこともあるし…
姫の将来を思うといつまでも田舎に置いておくわけには
どちらへ行かれるのです?
嵯峨野《さがの》の※御堂《みだう》《ドウ》だが…
どうせ明石の君に会いにいかれるのでしょ?
いや…それは…
明石の君は今大堰《おおい》川の邸《やしき》に移り住んでおられるとか…
なぜそれを…
大堰といえば嵯峨野のすぐ近くでは?
あのな…紫《むらさき》の上《うえ》
なに!?
明石の君には私との娘が一人…
存じてますわ!!
その姫をあなたの養女として
育ててみないか?

※御堂《みだう》《ドウ》…仏像を祭ったお堂のこと

明石の君
どうしても
都へは
移れない
のか?
…わかった
それでも姫は
連れていくよ
はい…
それが姫の
ためならば
はやく
おかあさまも
おのりに
なって
……
元気でね…
おかあ
さま?
おかあ
さま?
おかあさま!!
許せ…明石の君
姫は将来
后《きさき》となる運命…

私は紫の上
ようこそ
あなたが
明石《あかし》の姫《ひめ》ね
おかあさまは
どこ？
おかぁ
さまは？
姫の不安が
よく
わかるわ
私も同じ…
最初のころは
本当に心細かった…
紫の上は
子宝に恵まれず
母になることを
夢見ていた
まだこんなに
幼いのに母親と
離れなければ
ならないなんて…
明石の君も
どんなに
つらい思いを
なさっている
だろう…
あぁ…本当になんて
かわいい姫なの…
なんとしてでも
すばらしい姫君に
育て上げなければ…
では…明石の姫も
すっかり都に
なじんだのですね
二条東院も
何事もなく
平穏で
何より…

……光源氏
ありがとう
あなたが後見役を務めてくれたお…陰で冷泉帝《れいぜいてい》…も…
ゴホッ
ゴホッ
…ご立派になられましたこ…れからも……
ゴホッ
…急にどうなさいました？
それに…お加減があまりよろしくないようですが…
いえ……大丈夫 心配はいりません…
このころから徐々に…

――世の中には不穏《ふおん》な空気が流れ始めた
故・葵《あおい》の上《うえ》の父にして左大臣家の重鎮《じゅうちん》であった太政大臣《だいじょうだいじん》の死
近ごろ何かおかしくないか…
見たことのない光を放つ月や星が
それに藤壺女院《ふじつぼにょういん》もお体の具合が…
疫病の流行そして―
――光源氏が見舞いに訪れたちょうどその夜
藤壺女院は灯火《ともしび》が消えるように息を引き取ってしまう――
藤壺さま!?
何かの間違いだつい今まで
私と話をしていたというのに!!

私との
不義の子
である
冷泉帝を宿し…

たった一人
罪を抱え込んだ
まま

その秘密を
だれにも
打ち明ける
ことなく…

あなたは
逝《い》ってしまった…

私を置いて…
光源氏さま…
あぁ…この悲しみ決して人に知られるわけにはいかない
……涙を人に見られて怪しまれでもしたら…
……
一方── 冷泉帝《れいぜいてい》はとある僧都《そうず》からある「真実」を聞かされていた
僧都!! 今なんと申した
まさか光源氏が私の!?

私は父を臣下に…? それでは道理が…
近ごろの天変地異もそのせいか?
冷泉帝
冷泉帝
冷泉帝
どうかなさいましたか?
…光源氏
冷泉帝?
私は…もう この地位に とどまっては いられない…
真実を知ってしまった今となっては……

まさか!? 冷泉帝は自分が 私と藤壺の息子で あると…
知って しまったのか…
どうか… 私に 替わって
……
その先は… おっしゃらないで ください…帝《みかど》
それは亡き 桐壺院《きりつぼいん》や 藤壺女院の ご遺志《いし》に背《そむ》くこと
このまま帝の お役目を 全《まっと》うなさって ください

私の身は
もう私だけの
ものでは
ない
冷泉帝を
支えるためにも…
この都で
生きて
いかなければ
そして
間もなく
光源氏の
栄華の時代が
やってくる

「光源氏物語」人物相関図②

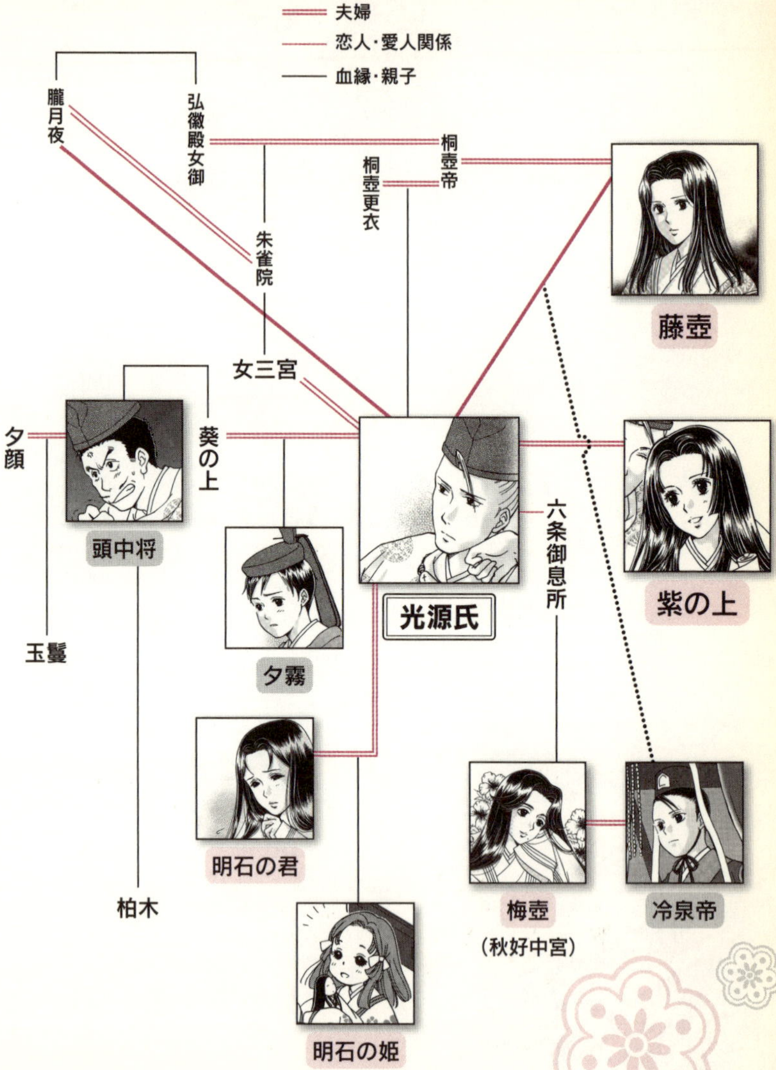

夫婦
恋人・愛人関係
血縁・親子
朧月夜
弘徽殿女御
桐壺帝
桐壺更衣
朱雀院
藤壺
女三宮
夕顔
葵の上
頭中将
光源氏
六条御息所
紫の上
夕霧
玉鬘
明石の君
柏木
梅壺
（秋好中宮）
冷泉帝
明石の姫

第十三話　息子

葵《あおい》の上《うえ》の忘れ形見《がたみ》
ひどいよ父上…
従兄弟《いとこ》たちはみんなもっと上の位なのに…
どーしてぼくの位が
六位※なんだよ…
夕霧《ゆうぎり》が元服《げんぷく》
夕霧《ゆうぎり》
何か言いたげだな…夕霧なんだ？言ってみなさい
いえ…

※ 六位…殿上《てんじょう》《ジョウ》の間に入れない中級・下級の位。
六位以下の人々は地下《ちげ》《ジ》ともいった

※ 大学寮《だいがくれう》《リョウ》…役人の養成学校。儒学や法律、漢詩文などを学んだ

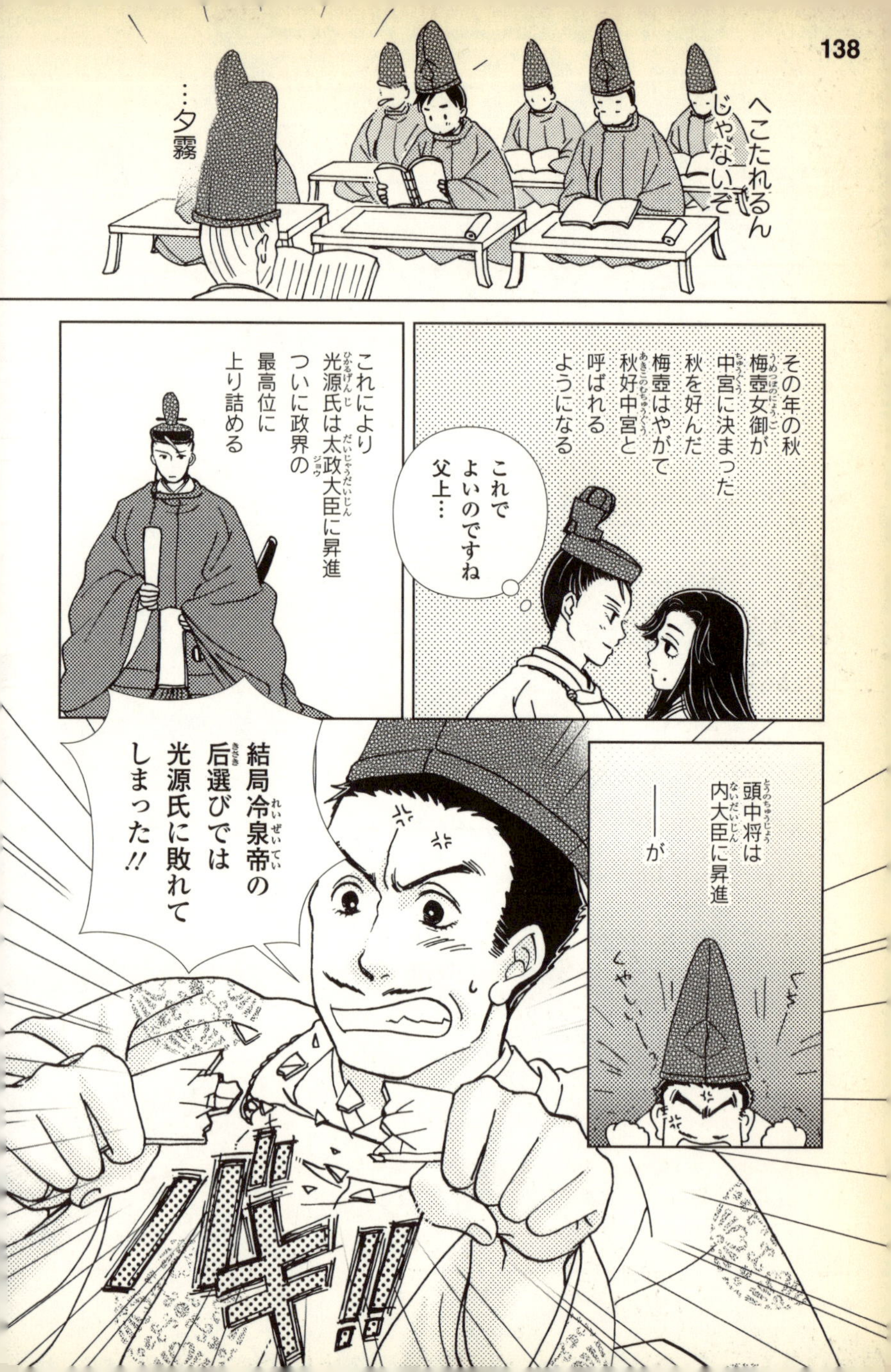
へこたれるんじゃないぞ
…夕霧
その年の秋 梅壺女御《うめつぼのにょうご》が中宮《ちゅうぐう》に決まった
秋を好んだ梅壺はやがて秋好中宮《あきこのむちゅうぐう》と呼ばれるようになる
これでよいのですね父上…
これにより光源氏《ひかるげんじ》は太政大臣《だいじょうだいじん》に昇進 ついに政界の最高位に上り詰める
頭中将《とうのちゅうじょう》は内大臣《ないだいじん》に昇進 ——が
くやしい
結局冷泉帝《れいぜいてい》の后《きさき》選びでは光源氏に敗れてしまった!!
バキ!!

うーん
…次は絶対負けるわけには…
あっ
フフフ
みてろよ光源氏…
左大臣家
頭中将さまがいらっしゃるなんて珍しいわね
何かあったのかしら?
実家になんてめったにおいでにならないのに…
そうよね～
離婚後は別れた妻との娘を実家の左大臣家に預けっぱなしにしていたが…
雲居雁《くもいのかり》…これだけかわいいんだ
東宮《とうぐう》の妃《きさき》…そしてゆくゆくは次の帝《みかど》の后…の候補として申し分ないぞ
雲居雁《くもいのかり》

こんにちは…
あっ
おじゃまでしたでしょうか？
あぁ…構わん構わん
お久しぶりです…
はい…
まさかこの二人!?

…雲居雁
下がっておれ
え…
どうした
早く行け!!
さ…姫さま
まて…
まてまて…
雲居雁と
夕霧が…
頭中将
さま…
いや…でも
まさか…な
頭中将
さま?
どう
なさった
のですか?
あっあぁ
…いや
…そういえば
学問にばかり
打ち込んで
おられるとか
たまには
息抜きも
大切だ…
は・はい…
さあ一緒に
笛など
どうかね?

夕霧と雲居雁は
ともに左大臣家で
祖母に育てられた
幼なじみであり
頭中将の
読みどおりー
淡い恋仲に
あった
雲居雁を
光源氏の息子に
取られて
たまるか!!
雲居雁が夕霧に
会うことを禁止する

お父上のお邸《やしき》に移られるそうですね…
はい…父の命令で今夜…
ぼくはあなたとの仲を反対されて忘れようとしました
…けれどダメだった
雲居雁
あなたが好きです

そこで何をしている!!
お父さま!!
夕霧さま…
さあ行くぞ!!
あっ
雲居雁!!
六位風情《ふぜい》がなんと
身の程知らずな

!
…そうか
…夕霧
実力で這《は》い上がれ
おまえならできる
…なぜなら
そんなことが…
おまえは
太政大臣《だいじょうだいじん》《ジョウ》になる
男だからだ

第十四話　青春の忘れ形見

光源氏《ひかるげんじ》の新たな邸《やしき》が完成――
亡き六条御息所《ろくじょうのみやすどころ》の邸の周囲
四町《よんちょう》を用地とした
六条院である
一辺約240m
夏の町・花散里《はなちるさと》
春の町・光源氏と紫《むらさき》の上《うえ》

広大な敷地は
四つに区切られ
四季をイメージして
造園し
それぞれに女たちを
住まわせた
その権勢は
帝《みかど》をも凌《しの》ぐほど
だったのである
光源氏さま…
よく来てくれた明石の君
冬の町・明石《あかし》の君《きみ》
秋の町・秋好中宮《あきこのむちゅうぐう》
（梅壺女御《うめつぼのにょうご》）の里邸

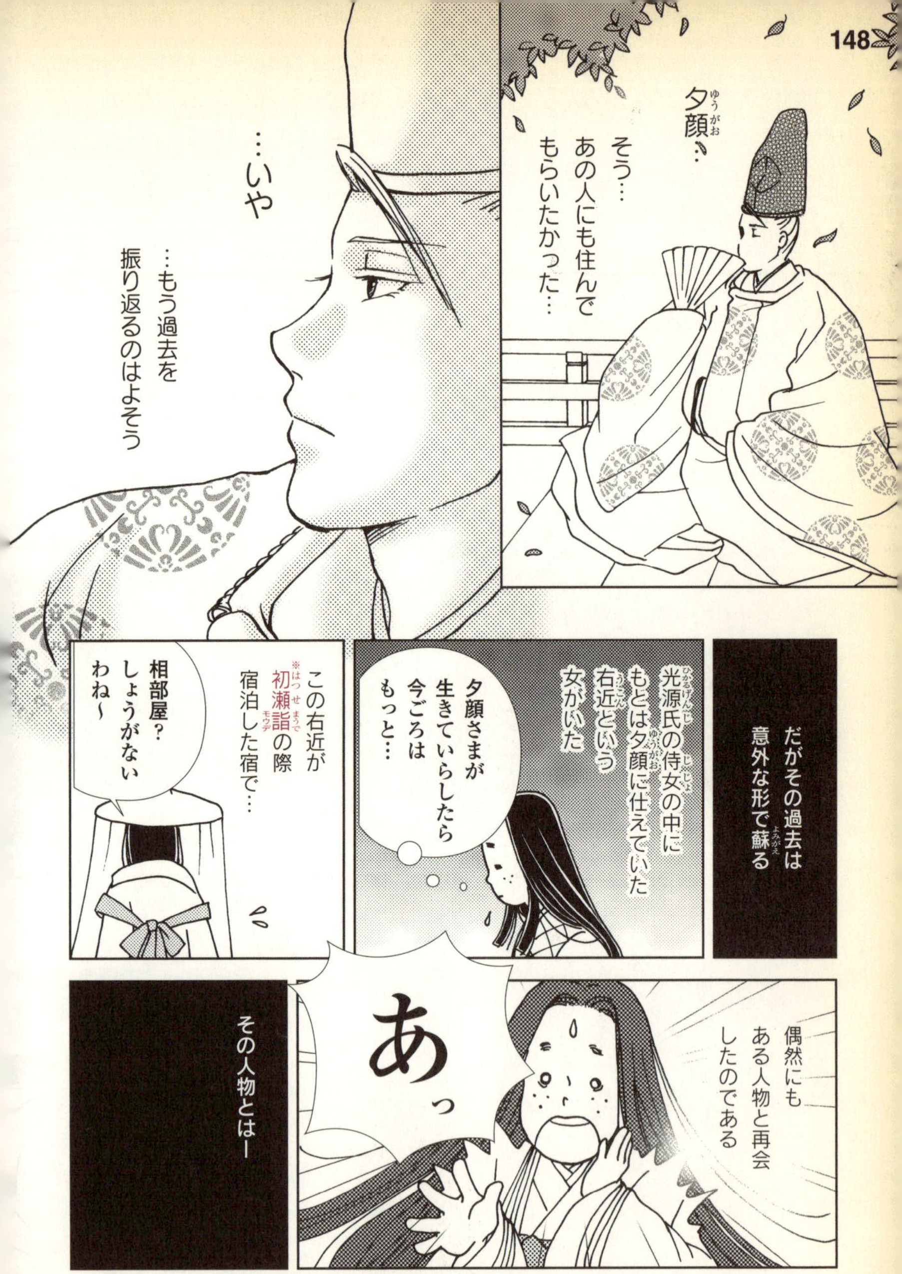

夕顔《ゆうがお》…
そう…
あの人にも住んで
もらいたかった…
…いや
…もう過去を
振り返るのはよそう
だがその過去は
意外な形で蘇《よみがえ》る
光源氏《ひかるげんじ》の侍女《じじょ》の中に
もとは夕顔《ゆうがお》に仕えていた
右近《うこん》という
女がいた
夕顔さまが
生きていらしたら
今ごろは
もっと…
この右近が
※初瀬《はつせ》詣《まうで》《モウデ》の際
宿泊した宿で…
相部屋？
しょうがない
わね～
偶然にも
ある人物と再会
したのである
あっ
その人物とは―

※ 初瀬《はつせ》詣《まうで》《モウデ》（＝長谷寺《はせでら》詣）…平安時代、奈良の初瀬にある長谷寺は、観音信仰の聖地として
お詣りが盛んだった

なに!?
夕顔の娘が見つかった!?
……
紫《むらさき》の上《うえ》…
はっ
私は眠くて眠くて…
聞いていられそうもないので…
お先に休ませていただきますわ
それでその話は本当なのか?
はい…お付きの者によりますと…
都《みやこ》を遠く離れて暮らしておられたところ

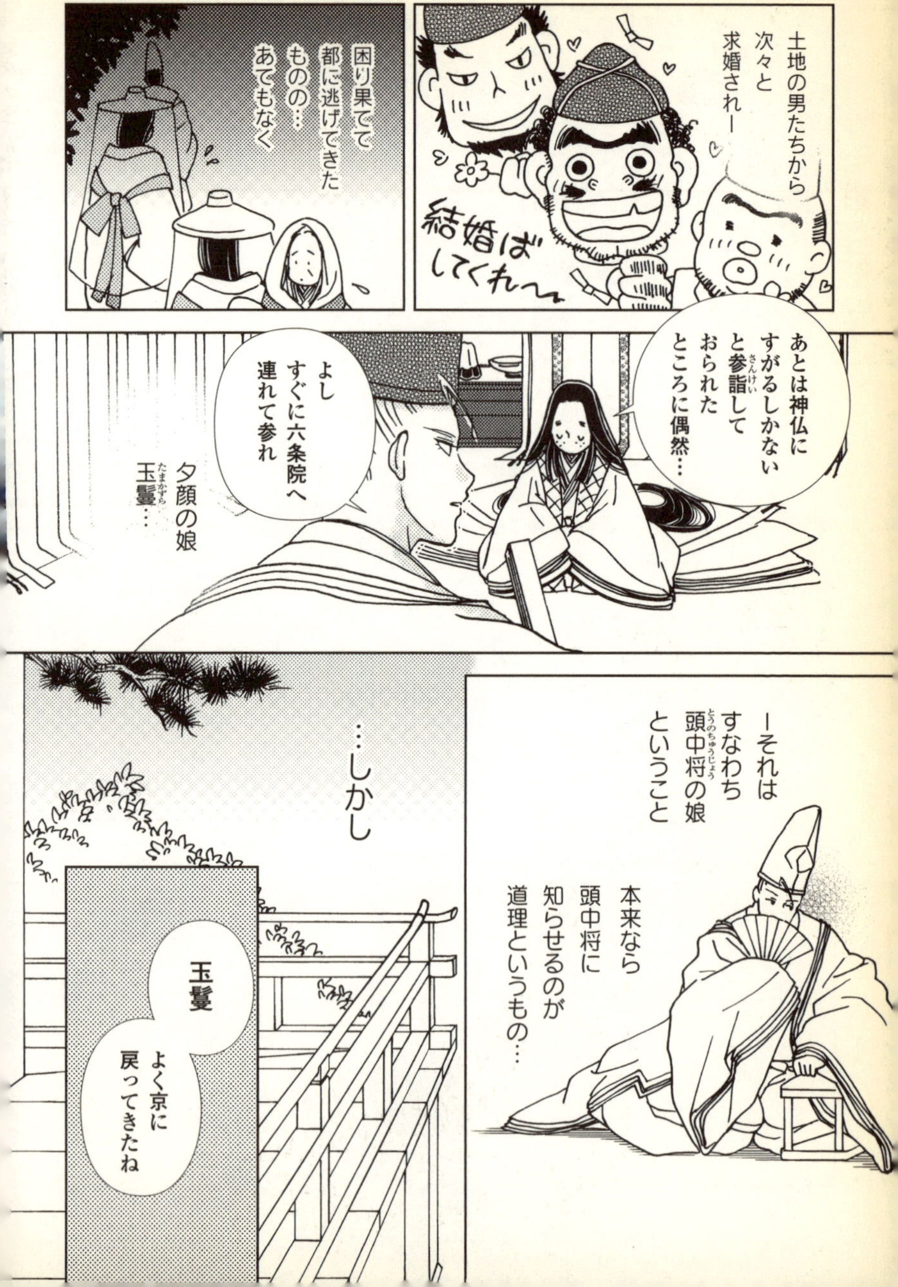
土地の男たちから次々と求婚されー
結婚ばしてくれ〜〜
困り果てて都に逃げてきたものの…あてもなく
あとは神仏にすがるしかないと参詣《さんけい》しておられたところに偶然…
よし すぐに六条院へ連れて参れ
夕顔の娘 玉鬘《たまかずら》…
ーそれはすなわち頭中将《とうのちゅうじょう》の娘ということ
本来なら頭中将に知らせるのが道理というもの…
…しかし
玉鬘
よく京に戻ってきたね

このたびは本当にありがとうございます
玉《たま》鬘《かずら》
あなたのことは花散里《はなちるさと》という女性に任せてあります
この六条院で安心して暮らしなさい
あぁ…なんて美しい娘だ
…長年田舎《いなか》暮らしだったとはとても思えない
光源氏は玉鬘の素性《すじょう》を隠したが——
その美しさは都中の噂《うわさ》となり——

玉鬘のもとには懸想文《けさうぶみ》が山のように届いた
ま〜こんなに
どっさり
よし私が目を通そう…特に夢中なのはこの三人か…
一人目は『蛍《ほたる》の宮』わが弟ながら風流人で若い女性なら夢中になるだろう
二人目は『鬚黒《ひげぐろ》大将』こんな実直な男まで熱烈な文を…
三人目の『柏木《かしわぎ》』は頭中将の息子好青年だが玉鬘の実の弟ではなぁ…
懸想文《けさうぶみ》を見ればどんな人物かはたいていわかる
よく吟味《ぎんみ》して変な男に騙《だま》されてはいけないよ
だが光源氏の心の底には―

淡い恋心が
疼《うず》いていた
それにしても近ごろ
ますます美しく
なってきたな……いや
玉鬘は夕顔の娘
私は父親として
接しなければ…
玉鬘さま
蛍の宮さまが
お越しです
玉鬘さま
あなたを
お慕いして
おります
ようやく
色よい返事が
いただけて…
す…
蛍!?

なんて美しい…
光源氏の胸中は複雑だった――
それでも親心が勝《まさ》ったのは――

※ 蛍の光…ホタルの光は恋心や人間の魂の比喩として、和歌などでよく使用される

紫の上という存在が——
明石《あかし》の姫《ひめ》 お父上ですよ
あったからかもしれない
だが本当のところ光源氏は
ひめは このこだから お父上は
このこ もってね
えーと 父上は これから大事な お仕事が…
青春の輝きをまぶしく感じ始めていたのである

第十五話　友情

頭中将《とうのちゅうじょう》は悩んでいた
光源氏《ひかるげんじ》の息子である夕霧《ゆうぎり》と引き離してから…
雲居雁《くもいのかり》はすっかり塞《ふさ》ぎ込んでいる…
一方の夕霧は出遅れたものの優秀な成績を収めて出世の階段を駆け上っている
……があの一件以来おれの前に姿をほとんど見せなくなった

光源氏や夕霧が頭を下げるというならば
こちらも雲居雁のことを考えてやらぬでもないのに…
うーん うーん
頭中将さま ※文《ふみ》が届きました
なになに…光源氏が「ぜひ会いたい」だと？
スクッ
さては…ヤツも夕霧のことでしびれが切れたな？
招かれたのだ行かざるを得まい
さあ着替え着替え♪
とっておきの袍を着ていかねば
はぁ…
わざわざ呼び立ててすまない…
頭中将…きみに話があってな…

※文《ふみ》＝手紙のこと

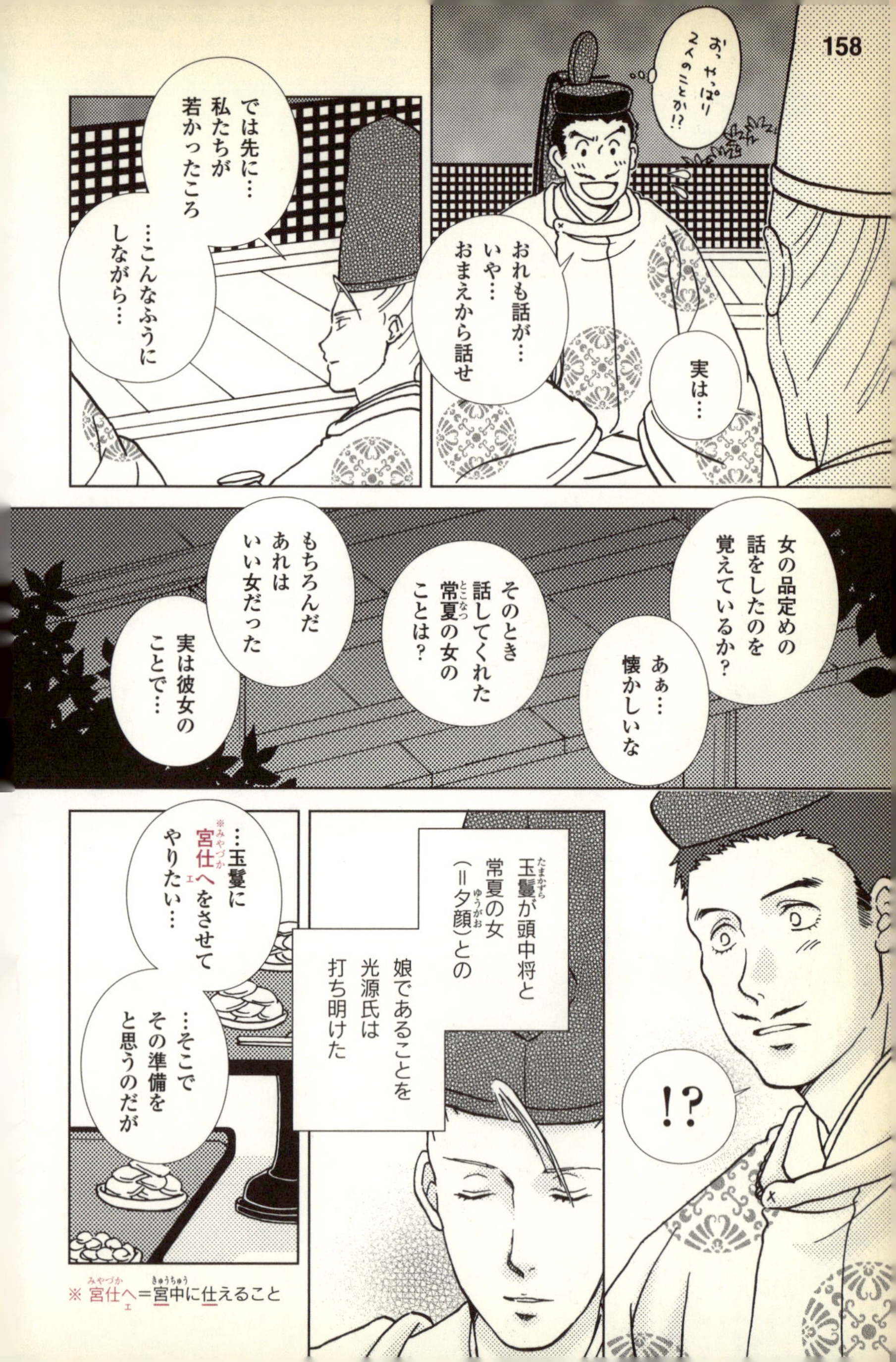
おっ やっぱり 2人のことか!?
実は…
おれも話が… いや… おまえから話せ
では先に… 私たちが 若かったころ
…こんなふうに しながら…
女の品定めの 話をしたのを 覚えているか?
あぁ… 懐かしいな
そのとき 話してくれた 常夏《とこなつ》の女の ことは?
もちろんだ あれは いい女だった
実は彼女の ことで…
!?
玉鬘《たまかずら》が頭中将と 常夏の女 (＝夕顔《ゆうがお》)との 娘であることを 光源氏は 打ち明けた
…玉鬘に ※宮仕《みやづか》へ《エ》をさせて やりたい…
…そこで その準備を と思うのだが

※ 宮仕《みやづか》へ《ェ》＝宮中《きゅうちゅう》に仕えること

力になってはくれないだろうか…
そうか…生きていてくれたか
もちろん…喜んで引き受けさせてくれ
頭中将…
そうとわかれば…さぁ今日はとことん呑《の》もうではないか…
…いがみあっていた
今までの分もな

実に楽しかった
これからはまた
昔みたいに会おう
ではないか
ああ…ところで
何か話が
あったのでは?
そうだった
…いや今度でいい
今日は玉鬘のことで
胸がいっぱいいだ
玉鬘の※裳着《もぎ》は
盛大に行われ
頭中将は念願の
対面を果たした
お父さま…
「※裳着《もぎ》」とは女性の
成人式のことで
当時は十二歳前後が通例。
「裳《も》」とは装飾用の衣で、これを身につける
ことが成人女性の証《あかし》とされた

だれもが玉鬘は冷泉帝《れいぜいてい》のもとに行くのだと思っていた…
姉さんに恋をするなんて…
おれはなんてバカなんだ…
夕霧…
元気出せよ柏木《かしわぎ》!!
夕霧ぃ～
玉鬘に思いを寄せていた多くの男たちも相手が冷泉帝では勝ち目はないと残念がっていた
今日は朝まで呑み明かそうぜなっ
…が
ガタンッ

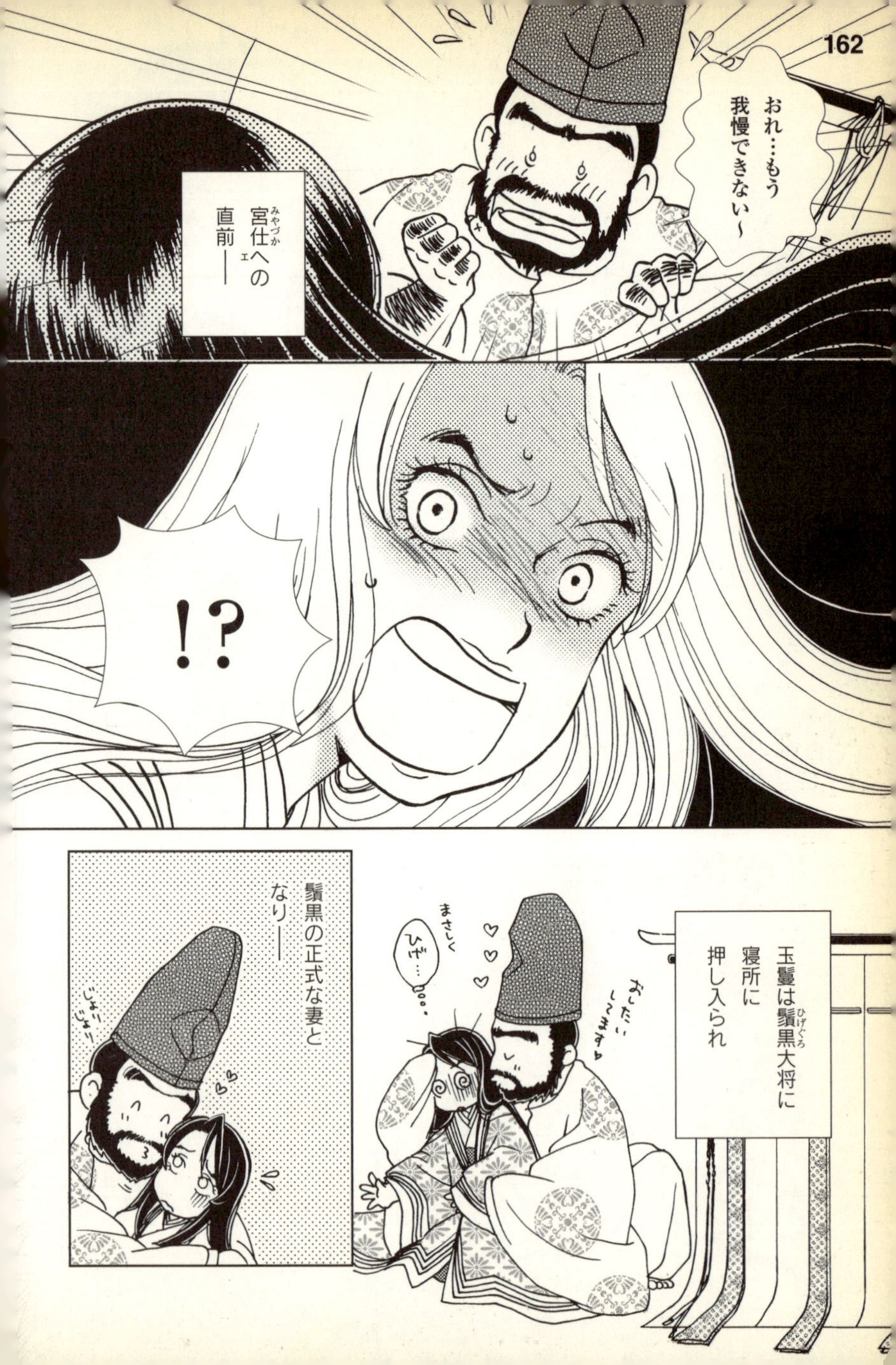
おれ…もう
我慢できない～
宮仕《みやづか》へ《エ》の
直前——
!?
玉鬘は髭黒《ひげぐろ》大将に
寝所に
押し入られ
おしたい
してます♥
まさしく
ひげ…
髭黒の正式な妻と
なり——
じょり
じょり

やがて男児を出産
母親としての
幸せをつかむことと
なる
しかし…
まさか
鬚黒大将とは
これで
よかったのかも
しれんぞ
宮仕《みやづか》へ《え》となれば
おれの娘の
弘徽殿女御《こきでんのにょうご》や
おまえの養女の
秋好中宮《あきこのむちゅうぐう》と
争うことになる
まあな…
人生は
わからぬ
ものだ
だからこそ
面白い

第十六話　絶頂の光と影

わが宿の藤の色こき
たそかれに
尋ねやはこぬ　春の名残を
訳・私の家では
藤の花が見事に
咲いています
春の名残《なごり》を尋ねる
つもりでどうぞ
おいでください
頭中将《とうのちゅうじょう》さまからの藤の花見の招待状だが…
まさか…雲居雁《くもいのかり》とのことを許して…いや あんな仕打ちをしておいて……
何かお考えがあるのだろうよ 失礼のないように早く行きなさい
はい 父上…

夕霧《ゆうぎり》……
よく参られた
紫にかごとはかけむ
藤の花
まつよりすぎて
うれたけれども
訳・恨み言は紫の藤の花に
言うとしましょう
あなたからの便りを待つうちに
時間が過ぎたことは
いまいましいけれど
はっ
いやぁ
酔った酔った
おれはもう
寝るとするよ…

あとは
頼んだぞ
柏木《かしわぎ》
ポン
はい
父上
夕霧
ついてこい
よかったな
父上から
お許しが出て
やはりどれだけ
かかっても
想う人を妻に
するのが一番だ

妹を頼むぞ
じゃあ ごゆっくり
雲居雁…
長い間 待たせて しまったね
夕霧さま…

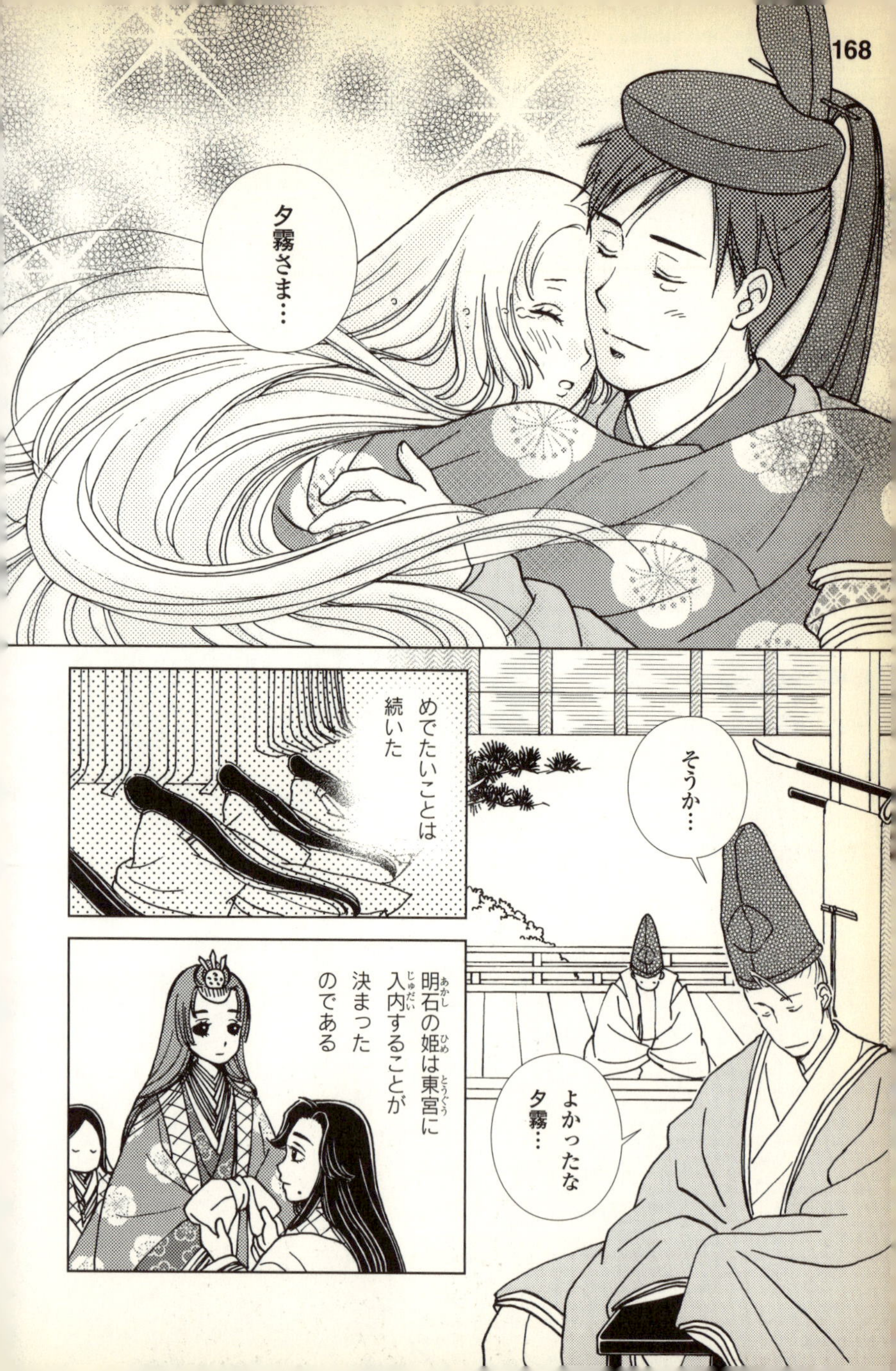
夕霧さま…
そうか…
よかったな夕霧…
めでたいことは続いた
明石《あかし》の姫《ひめ》は東宮《とうぐう》に入内《じゅだい》することが決まったのである

明石の姫のことなのですが…
宮中《きゅうちゅう》への先導役は育ての母である私が務めます…
…ですが宮中での姫の後見《うしろみ》役は明石《あかし》の君《きみ》がよいのでは…
紫《むらさき》の上《うえ》よく言ってくれた
明石の君も喜ぶでしょう
本来なら一緒に暮らすのが当然ですもの
こうして——

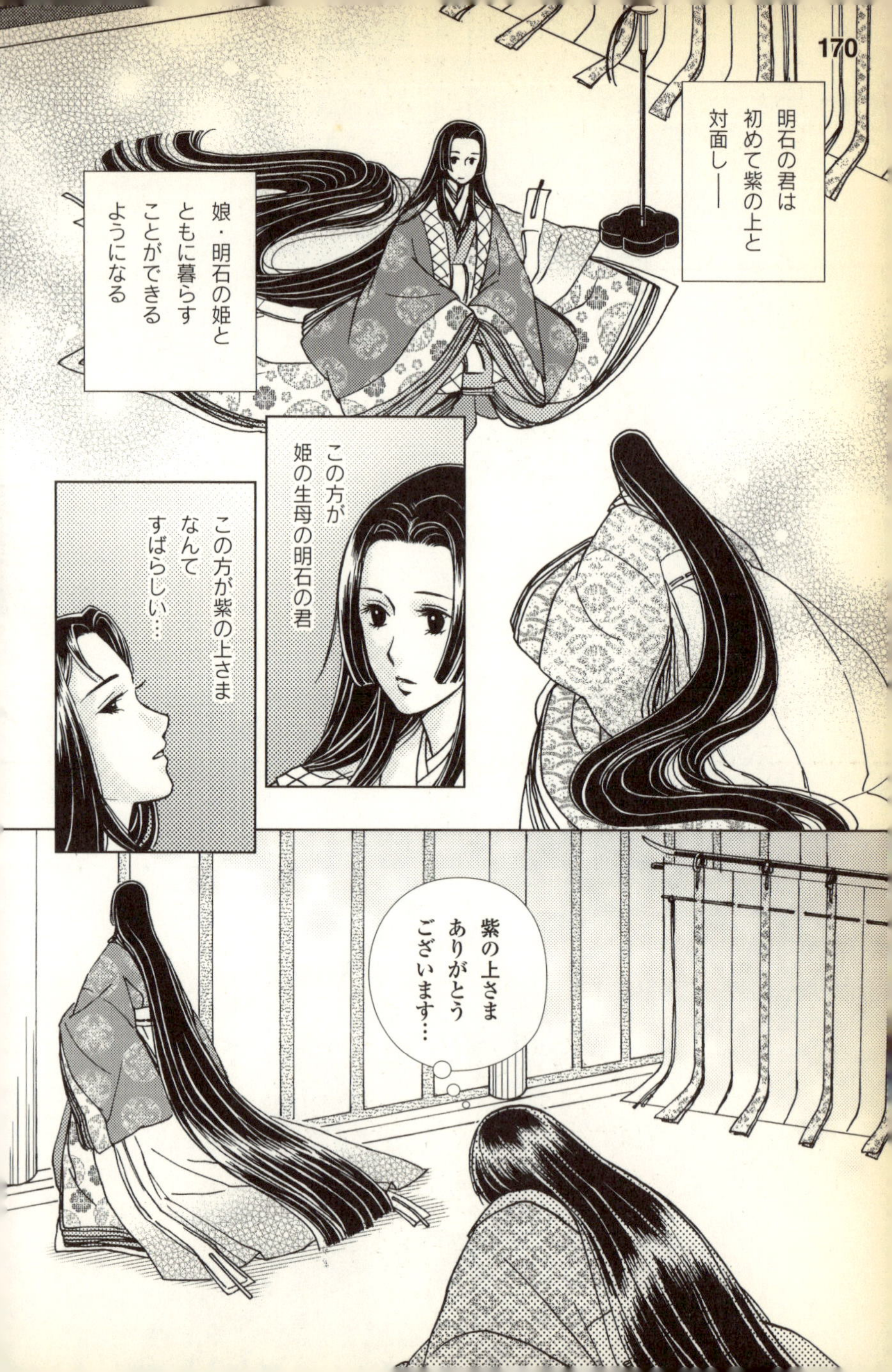

明石の君は
初めて紫の上と
対面し──
娘・明石の姫と
ともに暮らす
ことができる
ようになる
この方が
姫の生母の明石の君
この方が紫の上さま
なんて
すばらしい…
紫の上さま
ありがとう
ございます…

明石の姫…
寂しいけれど…これでよかったのだわ…
その年の秋
夕霧は※中納言《ちゅうなごん》に
頭中将は
太政大臣《だいじょうだいじん》《ジョウ》に昇進
そして…
光源氏は
※准太上天皇《じゅんだいじょうてんわう》《ジョウ ノウ》——
時の最高権力者
となり——

※ 中納言《ちゅうなごん》＝三位にあたる　※ 准太上天皇《じゅんだいじょうてんわう》《ジョウ ノウ》＝次ページへ

皇族と同列の地位を手にしたのである
※准太上天皇《じゅんだいじゃうてんわう》」＝上皇と同身分。「太上《ジョウ》天皇《ノウ》」とは皇位を後継者に譲った天皇、その尊称。上皇皇位につかなかった人が太上天皇になる場合には、特に「准太上天皇」と呼ぶとしているが、実際にはこの例は存在せず、『源氏物語』の中のみでの位である
十月には冷泉帝《れいぜいてい》と朱雀院《すざくいん》の
六条院への※行幸《みゆき》があった
帝《みかど》と院《ゐん》《イン》が同時にいらっしゃるなんて…
前代未聞のことですわね

※ 行幸《みゆき》(御幸《みゆき》)…みゆき。帝や院のお出かけのこと

なんと晴れやかな
光源氏さまのご威光ここに極まれり

光源氏よ
おまえは
とうとう…
紫の雲にまがへる
菊の花
濁りなき世の星かとぞ見る
訳・尊い紫雲とも見違え
そうな菊の花のような
あなたさまは
濁りなき聖代の
輝ける星であると
お見受けします
名のごとく
この世の光と
なったのだな…
栄華、栄誉、権力…
光源氏は四十歳を
前にすべての
頂点に達した

だが――
朱雀院 お話というのは……？
光源氏… 折り入って頼みがあるのだ
私の最愛の娘 女三宮《おんなさんのみや》を妻にもらってくれないか？

第十七話　時の移ろい

私に女三宮《おんなさんのみや》さまを…ですか!?
私が出家すると女三宮には後《うし》ろ盾《だて》がいなくなる…
しかし…皇女を身分の低い者の妻にするわけにも…
いや…しかし女三宮さまはまだ十三歳…
もうすぐ四十の私とはあまりにも年の差が…
夕霧《ゆうぎり》…柏木《かしわぎ》いろいろ考えてはみたのだが
今一つ決め手が…
柏木は少し身分がたりない…
夕霧は新婚だし…
頼む…光源氏《ひかるげんじ》
あなたしかいないのだ

朱雀院《すざくいん》は
ああおっしゃるが
身分の高い女三宮を
妻に迎えるとなると…
正妻にせざるを
得ない…
もしそうなれば
正妻同様に扱って
きたものの
…後見のない
紫《むらさき》の上《うえ》の立場は…
いや…まて…
女三宮さまは
今は亡き藤壺《ふじつぼ》さまの姪《めい》
ではないか…
夕霧!!
女三宮さまが
光源氏さまの
もとに
降嫁《こうか》される
というのは
本当なのか!!
柏木?

ああ…※如月《きさらぎ》の十日過ぎに…
…六条院にお輿《こし》入れに…って
どうした柏木…？
というわけなのだ…わかってくれ紫の上
朱雀院がそこまでお困りになっているのです
女三宮さまをお引き受けするしかないでしょう…
すまない紫の上…
しかしあなたへの愛は少しも変わらない

※如月《きさらぎ》＝陰暦二月

…変わらないよ 愛《いと》しい紫の上
女三宮さま ご到着——
女三宮《おんなさんのみや》

通例に従い
三日間は
女三宮のもとに
通わなければ
ならない
光源氏だが――
十三・四とは思えないほど
幼すぎる女三宮の
様子に早くも
失望する
紫の上の
幼いときとは
大違いだ…
はあぁ…
ニャン
ニャン
ニャン
ああ…
女房たちが
私のことを
噂《うわさ》している…
紫の上さまが
本当に
お気の毒
これから
どうなるの
かしら…

自分が光源氏さまの
一番だと安心しきって
いたのが恥ずかしい…
それにしても
女三宮さまとは
どんな方
なのかしら…
はじめまして
女三宮さま
六条院の
お暮らしで何か
ご不自由が
ありましたら
なんなりと
おっしゃって
くださいませ
…私もお人形が
好きで今でも
捨てられ
ないのですよ
ボー……
女三宮さま…
きちんと
お返事を…
どこまでも
笑顔の紫の上
だったが…

なぜ…
このような姫に…
これまで正妻格として
扱われてきた
誇りは無惨《むざん》にも
傷つけられていた
そのころ──
光源氏は朱雀院の
出家後
右大臣家に
戻っていた
かつての恋人
朧月夜《おぼろづきよ》との
よりを
戻していた
また来てしまったよ…
こりない人ねぇ…
──が
光源氏の愛を
信頼できなくなった
紫の上は嫉妬《しっと》すら
しなくなっていく
そのことが二人の間に
微妙な影を
落とし始めて
いた
そんな中
光源氏の
※四《し》十《じふ》《ジュウ》の賀《が》が
華やかに
執《と》り行われた

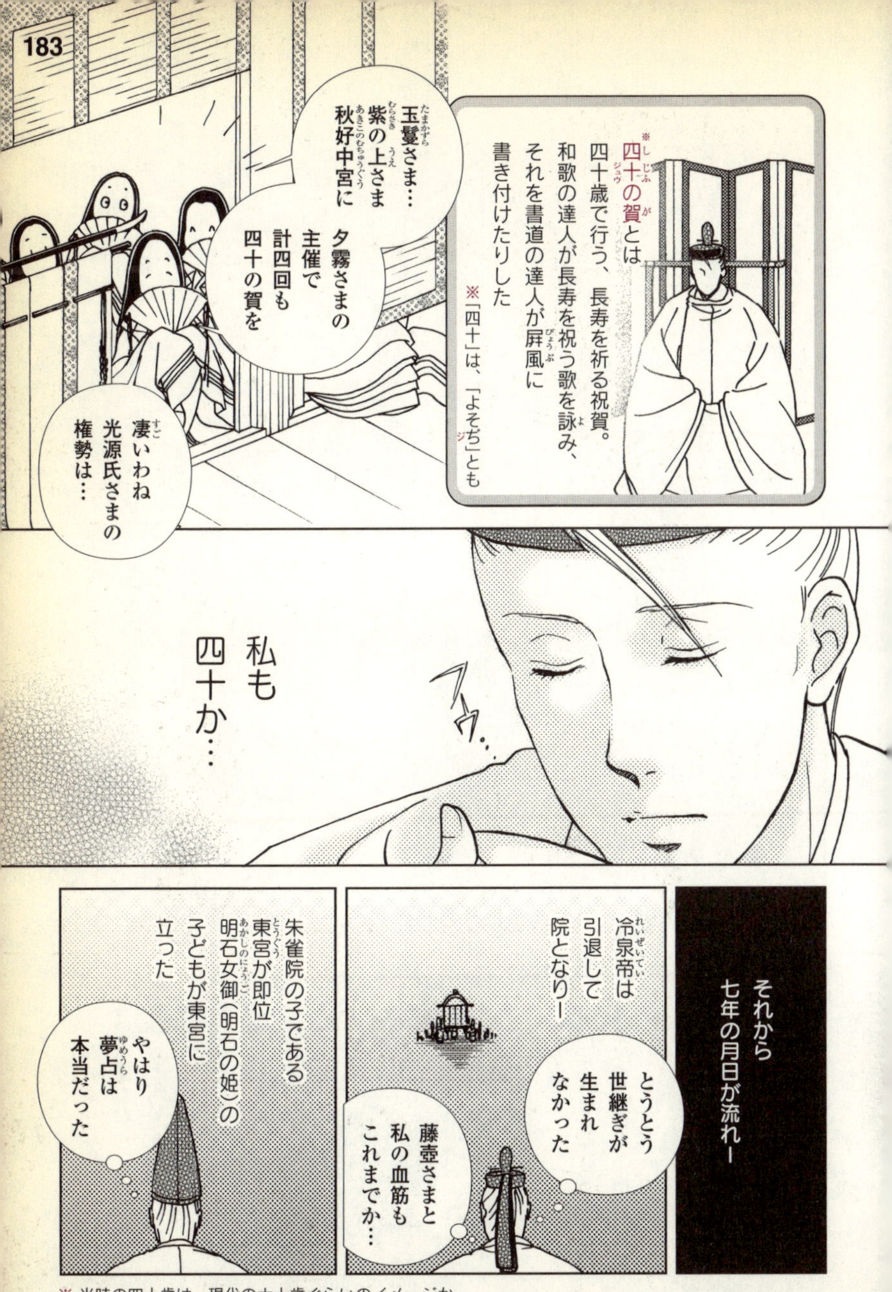

※四十《しじふ》《ジュウ》の賀《が》とは
四十歳で行う、長寿を祈る祝賀。
和歌の達人が長寿を祝う歌を詠《よ》み、
それを書道の達人が屏風《びょうぶ》に
書き付けたりした
※「四十」は、「よそぢ《ジ》」とも
玉鬘《たまかずら》さま… 紫《むらさき》の上《うえ》さま 秋好中宮《あきこのむちゅうぐう》に
夕霧さまの 主催で 計四回も 四十の賀を
凄《すご》いわね 光源氏さまの 権勢は…
私も 四十か…
フゥ…
それから 七年の月日が流れー
冷泉帝《れいぜいてい》は 引退して 院となりー
とうとう 世継ぎが 生まれ なかった
藤壺さまと 私の血筋も これまでか…
朱雀院の子である 東宮《とうぐう》が即位 明石女御《あかしのにょうご》(明石の姫)の 子どもが東宮に 立った
やはり 夢占《ゆめうら》は 本当だった

※ 当時の四十歳は、現代の六十歳ぐらいのイメージか

ーー方光源氏は兄であり女三宮の父である朱雀院への気づかいもあって
紫の上のもとへ通うことが少なくなっていった
人は私が頂点を極めたという…たしかにこれほどの
栄華をなした人間はめったにいないと思う
紫の上…
…だがこれほどの悲しみを背負った人間もほかにはいない…
それに引き替え苦労の少なかったあなたは気楽だったでしょうね
……私のような者には過ぎた境遇だと思いますが…近ごろ…静かに暮らしたいと思うようになりました
……そう
これといった後見のない私には光源氏さまの愛のみが頼り…
しかし将来を思うと不安でたまらない

年老いて光源氏さまが
私から離れて
しまう前に…
自分から世を
捨てて
しまおう…
光源氏さま…
出家を許して
いただけない
でしょうか…
なに!?
なぜ出家などと!!
一人残される私は
どうすればよいのだ!?
あなたと過ごす
何気ない日常が
私にとって何よりも
大切だというのに!!

……あぁ
わかっては…くださらないのね…
―その夜 紫の上は突然発病
紫の上さまが～
加持祈禱《かぢきたう》《ジトウ》がくり返されるが一向《いっこう》に回復の兆《きざ》しが見られないまま…数か月が過ぎていった
なんということだ…
光源氏さまは紫の上さまを少女時代に過ごされた二条院に移しご自分もまたつきっきり
六条院は火の消えたような有り様だとか…
おかわいそうな女三宮さま…この柏木ならそんな寂しい思いはさせないのに…

バタバタ
バタ
光源氏さま!! 大変でございます!!
紫の上さまの息が絶えてしまわれました
騒ぐな!! 物の怪《もの》《け》の仕業《し》《わざ》ということもある
わあああああ
紫の上さまぁあ
加持《かぢ》《ジ》を続けるのだ!!
紫の上!!
紫の上!! せめてもう一度だけ私の目を見てくれ!!
あぁ!!
物の怪が憑坐《よりまし》※に!?

※ 憑坐《よりまし》…加持祈禱《かぢきたう》《ジトウ》に同席し、病人に取り付いた物の怪《もの》《け》を乗り移らせる子どもや人形のこと

光源氏さまの
あまりの
悲しみようが
見るに耐えられ
なくて…思わず
正体を現して
しまいました…
あなたは
六条御息所《ろくじょうのみやすどころ》!!
娘・秋好中宮の
ことは本当に
ありがたいの
ですが
恨みや執念《しゅうねん》が
消えない
のです…
スウ…
祈禱して
ください…
私は…早く楽に…
なりたい…
うっ…
紫の上!!
消えた…
奇跡的に息を
吹き返した紫の上は
再度光源氏に
出家を
懇願《こんがん》するが…
出家なんて
とんでもない…
…
その願いが
聞き遂げられる
ことは
なかった
それだけは
ダメだ!

一方ー
時を同じくして
女三宮が懐妊《かいにん》
体調を
崩していると
聞きましたが
具合はどうですか
すみません…
紫の上の
看病で
あまりあなたを
構ってあげられ
なくて…
それにしても
今ごろに
なって私に
子どもが…?
もうずっと…だれとの
間にも
そうしたことは
なかったのに…
しかし…まぁ
病気ではないのなら
紫の上のところに
戻っても
大丈夫だろう…

ん？褥《しとね》の下に文《ふみ》が…
だれがこんなところに…
この紙に薫《た》き染《し》められた香《こう》といい…
懸想《けさう》《ソウ》文《ぶみ》か…ん…この筆跡…
こ…この文《ふみ》は!!
柏木から女三宮への文《ふみ》ではないか!?
…ではまさか

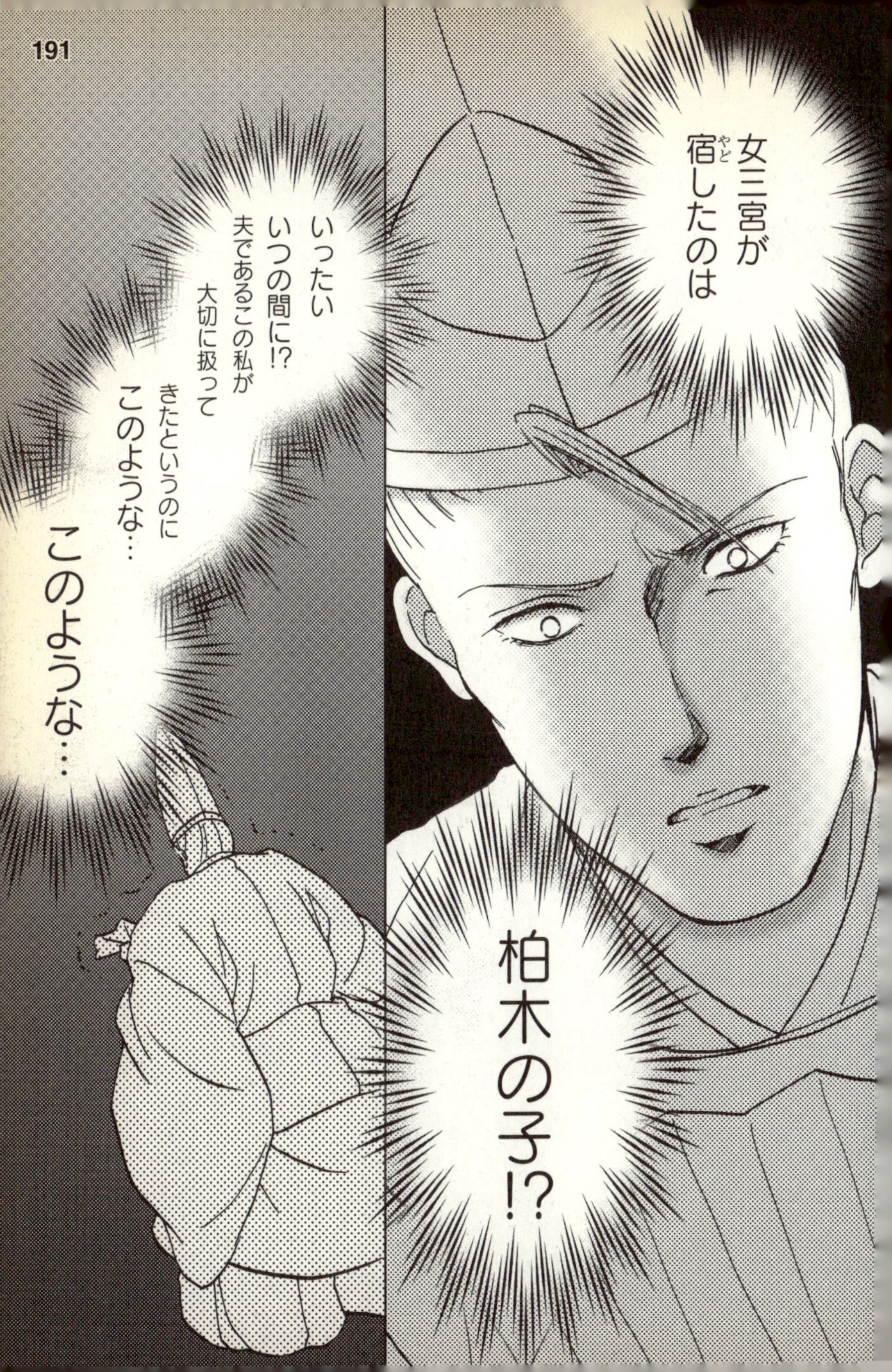
女三宮が
宿《やど》したのは
柏木の子!?
いったい
いつの間に!?
夫であるこの私が
大切に扱って
きたというのに
このような…
このような…

なに!?
女三宮さまへの
懸《け》想《さう》《ソウ》文《ぶみ》を
光源氏さまに
見られた!?
この日を境に
罪の意識に加え
光源氏の
冷酷な仕打ちに
耐えられず
柏木は病に
伏すー
私の酒が呑めんというのかね？
んっ？
い…いえ…
いただきます…
一方…女三宮は
無事に男の子を
出産するも
乳《ち》飲み子を
残して出家
これを聞いた
柏木は
いよいよ衰弱
泡《あわ》の消え入るように
亡くなってしまう
なぜだ息子よ～
—またこのころには
朧月夜《おぼろづきよ》も出家
していた
なぜ私に
黙って
出家して
しまったのだ～
…なぜ
なぜ…
…何故《なぜ》
私が何を
したと
いうのだ

何故《なぜ》こうも
次々と…
何故《なぜ》
なのだ!?

第十八話　雲隠れ

紫《むらさき》の上《うえ》の病状は日増しに悪くなり――
起き上がることも少なくなっていった
あの萩《はぎ》の葉の※露《つゆ》のように…
何を言うのだ紫の上…
私の命もすぐに風に吹かれて消えてしまうでしょう…
お母さま…
この世に思い残すことは何もない…ただ…ただ…
ごめんなさい…
残される光源氏《ひかるげんじ》さまの悲しみを思うと…そのことは…
…心残り
紫の上？

※露《つゆ》＝はかなく消えやすいもののたとえとしてよく使われる

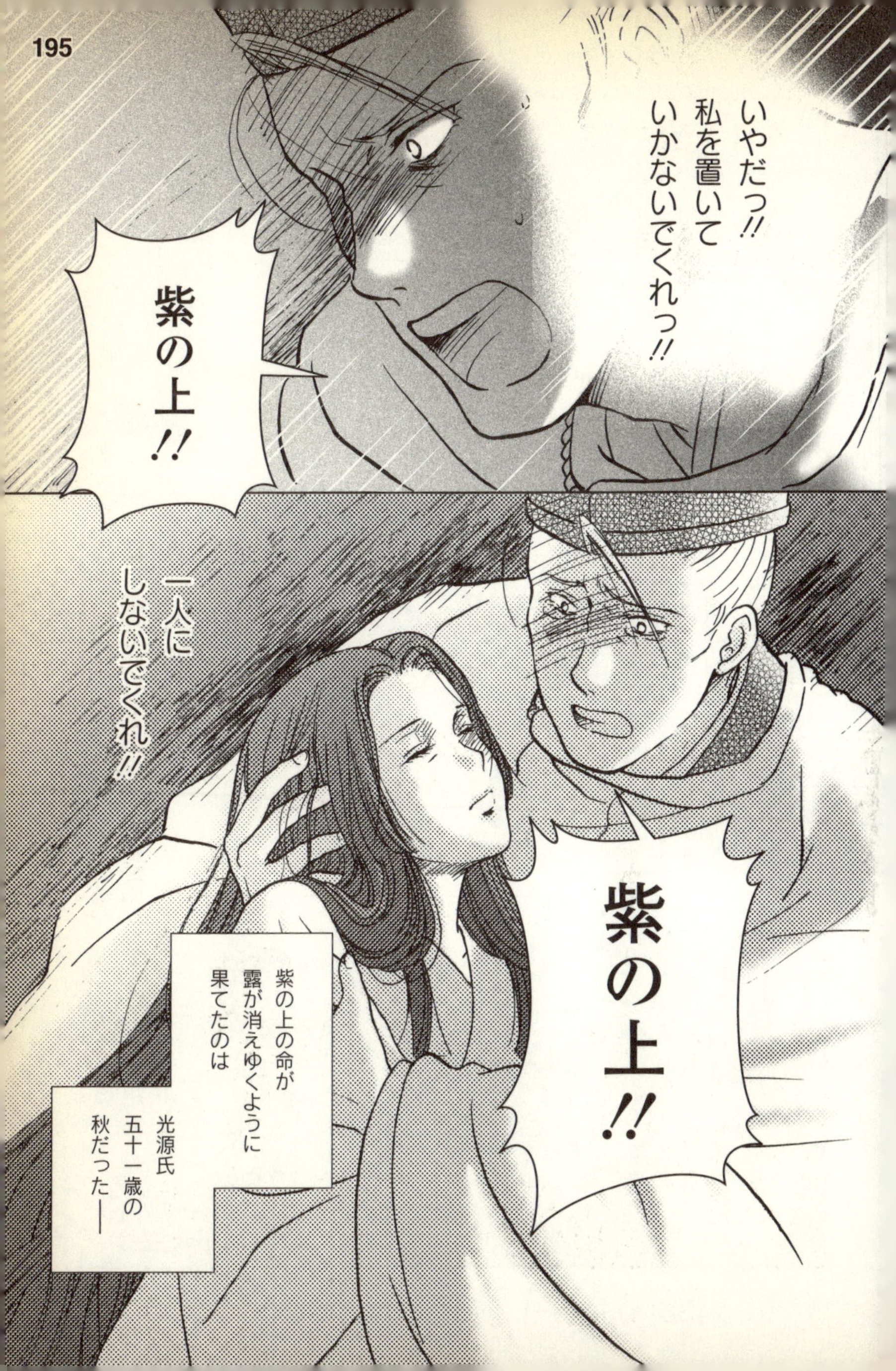
いやだっ!!
私を置いて
いかないでくれっ!!
紫の上!!
一人に
しないでくれ!!
紫の上!!
紫の上の命が
露が消えゆくように
果てたのは
光源氏
五十一歳の
秋だった──

あらゆる加持祈禱《かぢきとう》によっても
二度と息を吹き返すことはなかった――
あんなにも出家を望んでいたのに…
なぜ…そうさせてあげなかったのだろう…
今からでも髪を下《お》ろしてあげたい…
夕霧《ゆうぎり》――残っている僧を呼んできてくれ…
父上…
物《もの》の怪《け》が原因なら出家もよいですが…
もう息を引き取られた後では…

夕霧!!
なんとかしてくれ!!
亡くなった者が出家することはできません
…かえって悲しみが増すだけです
すまない…紫の上…
…私は取り返しのつかないことを…
紫の上!!

光源氏は
悲しみをこらえ
どうにか
葬儀の
段取りを
指示したが
人の手を借りて
立っているのが
やっとだった…
その後の法要は
すべて夕霧に任せ
邸《やしき》にこもり
ほとんどだれとも
会わなくなった
なぜ…
多くの女性と
恋をして…
…紫の上を
悲しませて
しまったの
だろう…

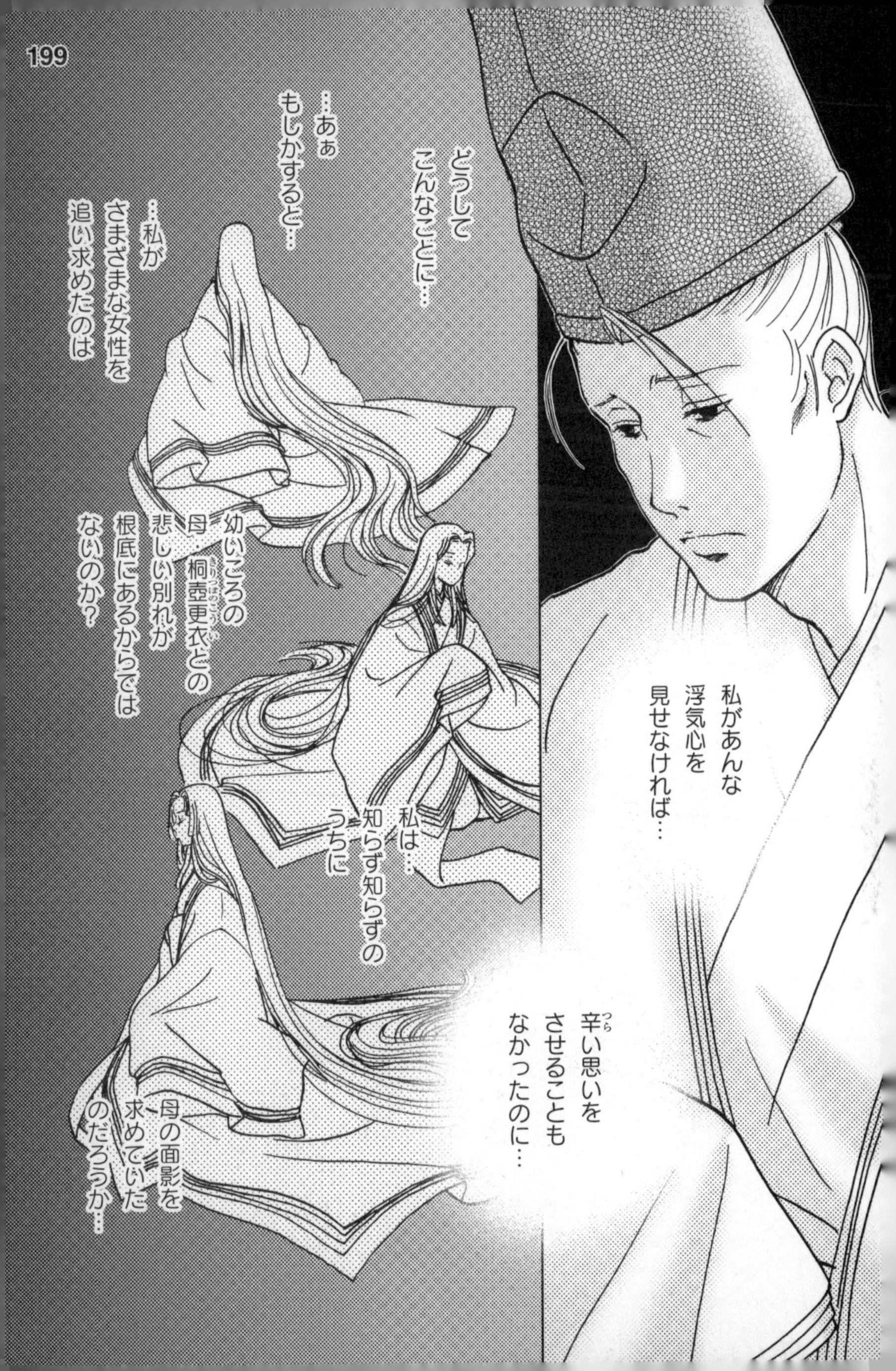
私があんな浮気心を見せなければ…
辛《つら》い思いをさせることもなかったのに…
どうしてこんなことに…
…あぁもしかすると…
…私がさまざまな女性を追い求めたのは
幼いころの母・桐壺更衣《きりつぼのこうい》との悲しい別れが根底にあるからではないのか？
私は…知らず知らずのうちに
母の面影を求めていたのだろうか…

では…私の人生は
どこまでも母に…
…人はみな
前世《ぜんせ》の因縁《いんねん》に
よって生まれ
現世《げんせ》を彷徨《さまよ》い
もがき…苦しみ
いや…
そうではない…

また来世《らいせ》へと
去っていくの
だろう…
喜びも怒りも…
この耐え難い悲しみも
…そして
私自身さえも
すべては…
まぼろし…

その年の師走《しはす》
――※御仏名《おぶつみゃう》で
光源氏は
久しぶりに人々の前に姿を現した
…本日は光源氏さまがご出席なされるようですよ
出家の準備を進められているご様子
たいそうおやつれになったとか…
…あぁいらっしゃっ…
おお…
なんという神々《こうごう》しさでしょう…
まぶしい…
以前にも増して…美しいお姿
おお…
我欲《がよく》がまるで感じられない…

※ 御仏名《おぶつみゃう》…宮中行事の一つ。陰暦十二月十九日から三日間、仏に念じて罪を懺悔《さんげ》し、仏の加護《かご》を願う法会《ほうえ》

…少し待たせてしまったかな?
さあ
始めよう

——光源氏は
年明け後
出家
嵯峨《さが》の御寺《みてら》へ
籠《こ》もったと
いうが——

その最期《さいご》を知る者はいない…

完

「宇治十帖」より

物語のその後

物語の主役は、光源氏《ひかるげんじ》から二人の男に引き継がれる。

一人は薫《かおる》。光源氏と女三宮《おんなさんのみや》の子（実は柏木《かしわぎ》と女三宮の間の子）である。もう一人は、匂宮《におうのみや》。今上帝《きんじょうてい》と明石中宮《あかしのちゅうぐう》の間に生まれた皇子である。ともに当代きっての貴公子と呼ばれ、評判が高かった。だが華やかな立場と裏腹《うらはら》に、薫は独り苦しんでいた。自分は光源氏の実の子ではないかもしれない。その疑念が心から消えない。出家したいと思うほどに、薫は深く悩んでいた。

そんな薫に一つの転機が訪れる。

光源氏の異母弟・八宮《はちのみや》が仏道修行に明け暮れる宇治《うじ》の地を、薫が訪ねたときのことだった。なんと八宮の邸《やしき》に、薫の出生を知る老女房《にょうぼう》がいたのである。薫は老女房から、本当の父親は柏木であることを告げられる。薫はこれまでの疑念が解ける思いがするのだった。

その同じ日、薫は、八宮の二人の姫、大君《おおいぎみ》（姉姫）と中君《なかのきみ》（妹姫）を垣間見《かいまみ》る。優雅なたたずまいの大君。薫はその美しさに心を奪われる。

薫は切々《せつせつ》と恋心を訴える。しかし、大君は薫の想いを受け入れようとはしなかった。大君は薫の誠実さに好意を持ちながらも、自分ではなく妹の中君を幸せにしてほしいと申し出るのだった。

大君への想いを断ち切ることができない薫は、一計を案じる。中君に良い相手が決まれば大君も自分を受け入れてくれるのではないか。そう考えて、ある男を中君に引き合わせたのだ。その男とは、物語のもう一人の主人公、匂宮である。果たして、匂宮と中君は、薫の目論見《もくろみ》通り、結婚する。

これで晴れて大君と一緒になれると、薫の心は浮き立ちかける。しかし、ことはそう上手《うま》くは運ばなかった。次期東宮《とうぐう》との呼び声も高い匂宮は、その高貴な身分ゆえに、なかなか中君のもとへと通うことができなかったのである。夫に会えないという中君の苦しみ。その苦しみは、姉である大君の苦しみでもあった。やがて大君は、その心労ゆえに病に倒れ、命を落としてしまうのだった。

最愛の人の死。

それが薫にとってどれほどの衝撃であったかは想像に難《かた》くない。薫は大君の死後も大君のことが忘れられず、その面影を追い続けた。そんな薫の心を知って、中君は薫に、大君に生き写しの異母妹・浮舟《うきふね》がいることを打ち明ける。

薫はさっそく、その異母妹・浮舟を妻に迎えようと準備する。一方、浮舟の存在を知った匂宮は、なんとか我が物にしたいと思い、浮舟を強引に口説こうとする。それでも薫は、なんとか浮舟を宇治に引き取ることに成功するのだった。

しかし、浮舟を手に入れることができた薫は、自分の本音に気づく。いくら大君に似ているとはいえ、浮舟は大君その人ではない。浮舟に誠実に接すれば接するほど、大君との違いが目に付いてくる。薫の心の渇きが満たされることはなかった。

一方、匂宮の心もまた満たされてはいなかった。一度は手に入れかけた浮舟。薫のものとなった今でも、浮舟のことがあきらめきれない。匂宮は宇治で浮舟と再会を果たし、浮舟との密《ひそ》かな関係にのめり込むようになっていった。

浮舟は悩んだ。

薫の誠実さを頼もしく思いつつも、情熱的な匂宮の魅力に強くひきつけられてしまう。二人の間で板ばさみになった浮舟は、心苦しさのあまり、宇治川に入水《じゅすい》自殺をしようと決意するのだった。

浮舟の突然の失踪《しっそう》。薫も匂宮も驚いたが、どうすることもできない。いつまでたっても戻ってこない浮舟。だれもが死んだと思い、葬儀までも行われた。薫も匂宮も、浮舟の死を悼《いた》んだ。

だが、実は浮舟は生きていたのである。

瀕死《ひんし》の状態で倒れているところを、横川《よかわ》の僧都《そうず》に助けられていたのである。ただ、自分が生きていると薫や匂宮に知られれば、再び二人の間で苦しむことになるだろう。そう考えた浮舟は、回復後も素性《すじょう》を隠し、横川僧都の導きて、ついに出家を果たすのだった。

やがて薫は、死んだとされていた浮舟は生きているという噂《うわさ》を伝えきく。しかし、何度手紙を出しても、頑《がん》として受け入れてもらえない。薫の浮舟への想いは行くあてを失い、彷徨《さまよ》うばかりなのだった。

源氏物語において、最後の十帖の物語は、
特に『宇治十帖《うじじゅうじょう》』という名で呼ばれている。
その物語は、光源氏の物語との不思議な似通《にかよ》いを見せる。
因果応報《いんがおうほう》に彩《いろど》られた平安の憂《う》き世。
紫式部《むらさきしきぶ》はそれを見事に、壮大《そうだい》なスケールの物語として描き出したのであった。

原典対照表・参考文献一覧

＊［　］は、割愛した帖

『光源氏物語』		『源氏物語』
第一話	「光源氏誕生」	1．桐壺（きりつぼ）
第二話	「満たされぬ想い」	2．帚木（ははきぎ）　3．空蟬（うつせみ）
第三話	「はかなき恋」	4．夕顔（ゆうがお）
第四話	「運命の出会い」	5．若紫（わかむらさき）
第五話	「罪」	5．若紫（わかむらさき）　［6．末摘花（すえつむはな）］
第六話	「驚愕の事実」	7．紅葉賀（もみじのが）　8．花宴（はなのえん）
第七話	「生霊」	9．葵（あおい）
第八話	「破滅」	9．葵（あおい）　10．賢木（さかき）　［11．花散里（はなちるさと）］
第九話	「この世の果て」	12．須磨（すま）　13．明石（あかし）
第十話	「光源氏復活」	14．澪標（みおつくし）　［15．蓬生（よもぎう）　16．関屋（せきや）］
第十一話	「政争」	17．絵合（えあわせ）
第十二話	「真実」	18．松風（まつかぜ）　19．薄雲（うすぐも）［20．朝顔（あさがお）〔槿〕］
第十三話	「息子」	21．少女（おとめ）〔乙女〕
第十四話	「青春の忘れ形見」	22．玉鬘（たまかずら）　23．初音（はつね）　24．胡蝶（こちょう） 25．蛍（ほたる）
第十五話	「友情」	29．行幸（みゆき）　30．藤袴（ふじばかま）　31．真木柱（まきばしら） ［26．常夏（とこなつ）　27．篝火（かがりび）　28．野分（のわき）］
第十六話	「絶頂の光と影」	32．梅枝（うめがえ）　33．藤裏葉（ふじのうらば）
第十七話	「時の移ろい」	34．若菜上（わかなじょう）　35．若菜下（わかなげ）　36．柏木（かしわぎ） ［37．横笛（よこぶえ）　38．鈴虫（すずむし）　39．夕霧（ゆうぎり）］
第十八話	「雲隠れ」	40．御法（みのり）　41．幻（まぼろし）　雲隠（くもがくれ）

［参考］ **光源氏の死後の物語**　42．匂宮《におうのみや》　43．紅梅《こうばい》　44．竹河《たけかわ》

宇治十帖　45．橋姫《はしひめ》　46．椎本《しいがもと》　47．総角《あげまき》　48．早蕨《さわらび》　49．宿木《やどりぎ》　50．東屋《あずまや》　51．浮舟《うきふね》　52．蜻蛉《かげろう》　53．手習《てならい》　54．夢浮橋《ゆめのうきはし》

＊『光源氏物語』は『源氏物語』をもとにしたオリジナルストーリーです。

＊物語をわかりやすく構成するため、原典にある登場人物やエピソードを一部割愛・再構成しています。

＊混乱を避けるため、一部の登場人物の名前は統一してあります。（例）頭中将は物語中ではずっと「頭中将」

■参考文献

『源氏物語』瀬戸内寂聴／訳　（講談社）、『源氏物語』山岸徳平／校注（岩波文庫）、『潤一郎新譯源氏物語』谷崎潤一郎（中央公論社）、『源氏物語ときがたり』村山リウ（主婦の友社）、『源氏物語　全現代語訳』今泉忠義（講談社学術文庫）、『光源氏の一生』池田弥三郎（講談社現代新書）、『入門 源氏物語』三谷邦明（ちくま学芸文庫）、『源氏物語を読むために』西郷信綱（朝日新聞社・朝日文庫）、『古典を読む14「源氏物語」』大野晋（岩波書店）、『新編日本古典文学全集「源氏物語」』紫式部（著）阿部秋生・今井源衛・秋山虔・鈴木日出男（小学館）、『源氏物語読本』秋山虔・桑名靖治・鈴木日出男／編（筑摩書房）、『光源氏の人間関係』島内景二（新潮選書）、『角川日本古典文庫「源氏物語」』玉上琢彌／訳注（角川書店）、『別冊國文學 1「源氏物語必携」』秋山虔／編（學燈社）、『別冊国國文學13「源氏物語必携Ⅱ」』秋山虔／編（學燈社）、『別冊國文學36「源氏物語事典」』秋山虔／編（學燈社）、『源氏物語ハンドブック』鈴木日出男／編（三省堂）『古典セレクション 源氏物語 1 ～ 16』阿部秋生・秋山虔・今井源衛・鈴木日出男／校注・訳（小学館）、『平安朝の生活と文学』池田亀鑑（角川書店）、『日本の歴史⑥ 王朝と貴族』朧谷寿（集英社）、『古代・王朝人の暮らし』日本風俗史学会編（つくばね舎）、『日本被服文化史』元井能（光生館）、『日本婚姻史』中山太郎（日文社）、『新国語要覧』（大修館書店）、『学研全訳古語辞典』金田一春彦監修（学研）、『全訳読解古語辞典』鈴木一雄（代表）・伊藤博・外山映次・小池清治／編（三省堂）『レベルアップ問題集 富井の最強の古文読解 1 入門編』富井健二（学研）、『講談社古語辞典』（講談社）、『岩波国語辞典　第三版』（岩波書店）、『大辞林』（三省堂）、『新訂増補　常用国語便覧』（浜島書店）、『新総合　図説国語』（東京書籍）、『新版国語総覧』（京都書房）

一千年の時を超《こ》えても色褪《あ》せない『源氏物語』の魅力

今からちょうど一千年の昔、一条天皇の中宮《ちゅうぐう》・彰子に仕える一人の女房《にょうぼう》が、全五十四帖にも及ぶ一大長編物語を完成させました。

その才女は、物語のヒロインが「紫《むらさき》の上《うえ》」という名であったことと、父が式部大丞《しきぶのだいじょう》という官職だったことから「紫式部《むらさきしきぶ》」と呼ばれ、書き綴《つづ》られた物語は『源氏物語』と名づけられました。

それから一千年を経た現在も物語の魅力はまったく色褪《あ》せず、『源氏物語』は、日本古典文学史上に揺るぎない地位を確立しています。

なぜ『源氏物語』(以下『源氏』)はこれほどまでに長い期間読み継がれ、そして一千年の時を超《こ》えてもまだなお輝きを放っているのでしょうか。

『源氏』のすばらしさとは、まず主人公の光源氏の圧倒的な魅力です。

光源氏は容姿《ようし》・才能ともにひと際《きわ》優れた人物であるだけでなく、情けないほどに取り乱したり未練がましかったりもします。光源氏をスーパーマンのように強く正しく美しい人間として描くことをせず、運命や煩悩《ぼんのう》に翻弄《ほんろう》される人間臭い存在として描いたということが、リアリティや親近感を感じさせる要因になっています。

『源氏』のもう一つの魅力をあげるとすれば、読んでいくうちにしみじみとした深い感慨に包まれていくということにあると思います。この究極の叙情性のことを江戸時代の国学者の本《もと》居宣長《おりのりなが》は「もののあはれ」と名づけました。
『源氏』の誕生を文学的系譜で見てみると、『源氏』の前には『伊勢物語』・『大和《やまと》物語』・『平《へい》中《ちゅう》物語』など数多くの歌物語が作られています。これらの物語に共通しているのは、クライマックスに和歌を用いるという手法です。これらと同じく、『源氏』においても気分が高揚する場面になると、必ず和歌が出てきます。この和歌の効果によって「もののあはれ」はますます深まっているのです。
『竹取物語』・『宇津保《うつほ》物語』・『落窪《おちくぼ》物語』などの作り物語も『源氏』に少なからぬ影響を与えています。これら作り物語に共通しているのは想像上の人物が主人公であるということです。ご存知のように光源氏もこれらの作り物語の主人公と同様に実在の人物ではありません。ただ、『源氏』がそれらの作品と異なるのは、藤原道長《ふじわらのみちなが》、村上天皇、源融《みなもとのとおる》などの複数の歴史上の人物が光源氏のモデルになっているという点です。光源氏のことを、架空の人物でありながらなぜか現実離れしていないと我々が感じるのは、こんな仕掛けがしてあるからだと考えられます。
このように先行する作品の長所を生かしながら、独自に練り上げられたのが『源氏物語』です。だからこそ数ある物語の中で頂点に君臨する作品として、一千年もの間、読み継がれてきたのでしょう。

富井健二

	読み（歴史的仮名遣い）	用語	物語編（マンガ）	別冊
も	も	裳	160	12・22
	もぎ	裳着	80・160	22
	もちづき	望月		34・35
	ものあわせ（ものあはせ）	物合せ	118	15
	ものいみ	物忌み		28
	もののけ	物の怪	38・40・187	24
	ももかのいわい（ももかのいはひ）	百日の祝		22
	もや	母屋		10
や	やまとうた	大和歌		7
	やりど	遣戸		10
	やりみず（やりみづ）	遣水		8
ゆ	ゆめ	夢	53	30
	ゆめうら	夢占	53・106	30
	ゆめたがえ（ゆめたがへ）	夢違へ		31
	ゆめとき	夢解き	53	30
よ	よるのおとど	夜の御殿	12	17
わ	わか	和歌	31	7・15
	わたどの	渡殿		8
	わらわやみ（わらはやみ）	瘧	40	24

	読み（歴史的仮名遣い）	用語	物語編（マンガ）	別冊
な	なななぬか	七七日	78	23
	なぬかなぬか	七日七日		23
に	にいなめまつり（にひなめまつり）	新嘗祭		33
	にしのたい	西の対		8
	にしのもん	西の門		8
	にょういん（にょうゐん）	女院	110	
	にょうご	女御	11	18
	にょうぼう（にょうばう）	女房	11	14・19
	にょうぼうしょうぞく（にょうばうさうぞく）	女房装束		12
ね	ねまちづき	寝待ち月		35
の	のうし（なほし）	直衣		12
	のちのわざ	後の業		23
は	はかまぎ	袴着		22
	はせでらもうで（はせでらまうで）	長谷寺詣	148	
	はつせもうで（はつせまうで）	初瀬詣	148	
	はるのじもく（はるのぢもく）	春の除目	84	32
ひ	ひおけ（ひをけ）	火桶		11
	ひがしのたい	東の対		8
	ひがしのもん	東の門		8
	ひさしのま	廂の間		10
	ひのおまし	昼の御座	15	17
	ひのしょうぞく（ひのさうぞく）	昼（日）の装束		12
	びょうぶ（びゃうぶ）	屏風		10
ふ	ふけまちづき	更待ち月		35
	ふじつぼ	藤壺		16
	ふせご	伏籠	41	
	ふみ	文	157・190	4
へ	へんか	返歌		4
ほ	ほうぎょ	崩御	82	
み	みかど	帝	10	
	みか（よ）のもちい（みか〈よ〉のもちひ）	三日（夜）の餅	80	6
	みす	御簾		10
	みそひともじ	三十一文字		7
	みどう（みだう）	御堂	124	
	みやづかえ（みやづかへ）	宮仕へ	158	
	みゆき	行幸（御幸）	172	
	みをやつす	身をやつす	33	
む	むじょうかん（むじゃうかん）	無常観		26

	読み（歴史的仮名遣い）	用語	物語編（マンガ）	別冊
そ	そくたい	束帯		12
た	たいいんれき	太陰暦		34
	だいがくりょう（だいがくれう）	大学寮	137	
	たいしょう（たいしゃう）	大将		21
	だいじょうえ（だいじゃうゑ）	大嘗会		33
	だいじょうだいじん（だいじゃうだいじん）	太政大臣	54	21
	だいなごん	大納言		21
	だいり	内裏		16
	たちまちつき	立待ち月		35
	たんごのせちえ（たんごのせちゑ）	端午節会		32
ち	ちゅうぐう	中宮	11・62	18
	ちゅうじょう（ちゅうじゃう）	中将	22	21
	ちゅうなごん	中納言	171	21
	ちゅうりゅう	中流	24	
	ちょうだい（ちゃうだい）	帳台		10
	ちょうようのせちえ（ちょうやうのせちゑ）	重陽節会		32
	ちょく	勅	101	
	ちょくし	勅使	101	
つ	ついじ（ついぢ）	築地		8
	つかさめしのじもく（つかさめしのぢもく）	司召の除目	84	32
	つごもり	晦日		35
	つぼ	壺		8
	つまど	妻戸		10
	つまどいこん（つまどひこん）	妻問ひ婚	22	2
	つりどの	釣殿		8
て	てんじょうのま（てんじゃうのま）	殿上の間	19	17・20
	てんじょうびと（てんじゃうびと）	殿上人	19	20
と	とういそくみょう	当意即妙		4
	とうぐう	東宮（春宮）	11	19
	とうしょう（たうしゃう）	堂上	19	21
	ところあらわし（ところあらはし）	所（露）顕し		6
	とねり	舎人		14
	とのい（とのゐ）	宿直	24	12
	とのいしょうぞく（とのゐさうぞく）	宿直装束		12
	とのいどころ（とのゐどころ）	宿直所	24	
な	ないだいじん	内大臣	107	21
	なかじま	中島		8
	なかやどり	中宿り		28

	読み（歴史的仮名遣い）	用語	物語編（マンガ）	別冊
さ	さいぐう	斎宮	82・108	
	さいしょう（さいしゃう）	宰相	63	21
	さき	前（先）		14
	さしぬき	指貫		12
	さだいじん	左大臣		21
	さと	里	12	
	さとさがり	里下がり	13・45	
	さんぎ	参議	63	21
	さんし	三尸		29
	さんだい	参内	59	
し	しきしまのみち	敷島の道		7
	じげ（ぢげ）	地下	136	21
	しじゅうのが（しじふのが）	四十の賀	182	23
	ししんでん	紫宸殿		16
	しちでんごしゃ	七殿五舎		16
	しとみ	蔀		10
	しほうはい（しはうはい）	四方拝		32
	じもく（ぢもく）	除目	84	32
	じゅうにひとえ（じふにひとへ）	十二単		12
	じゅだい	入内	109	
	しゅっけ	出家	86	27
	じょうげんのつき（じゃうげんのつき）	上弦の月		35
	じょうし（じゃうし）	上巳		32
	しょうそこ（せうそこ）	消息		4
	しょうなごん（せうなごん）	少納言		21
	しんげつ	新月		35
	しんせきこうか	臣籍降下	18	
	しんでん	寝殿		8
	しんでんづくり	寝殿造り	122	8
す	すくせ	宿世	96	26
	ずさ	従者		14
	すだれ	簾		10
	すのこ	簀の子		10
	すびつ	炭櫃		11
	すほう（すほふ）	修法		25
せ	せいりょうでん（せいりゃうでん）	清涼殿	12	16
	せちえ（せちゑ）	節会		32
そ	そうにん（さうにん）	相人	19	30

	読み（歴史的仮名遣い）	用語	物語編（マンガ）	別冊
か	かよう（かよふ）	通ふ		3
	からうた	唐歌		7
	からぎぬ	唐衣		12
	かりぎぬ	狩衣	33	12
	かんげん（くゎんげん）	管絃	54	15
	かんだちめ	上達部	63	20
き	きこうでん（きかうでん）	乞巧奠		32
	きたのかた	北の方		8
	きたのたい	北の対		8
	きたのもん	北の門		8
	きちょう（きちゃう）	几帳		10
	ぎっしゃ	牛車	33	14
	きぬぎぬのふみ	後朝の文		6
	きゅうちゅう	宮中		16
	きりつぼ	桐壺		16
	きんちゅう	禁中		16
	きんり	禁裏		16
く	くぎょう（くぎゃう）	公卿		21
	くげ	公家		21
	くものうえ（くものうへ）	雲の上		16
	くものうえびと（くものうへびと）	雲の上人	19	21
	くろうどのとう（くらうどのとう）	蔵人頭		21
け	けそうぶみ（けさうぶみ）	懸想文	31・152・190	4
	げっかく	月客		21
	げっけい	月卿		21
	げんぶく	元服	18	22
こ	こうい（かうい）	更衣	11	18
	こうきゅう	後宮	13	16・18
	こうごう（くゎうごう）	皇后		18
	こうし（かうし）	格子		10
	こうしんまち（かうしんまち）	庚申待ち		28
	こうぶり（かうぶり）	冠	18	12・22
	こきでん	弘徽殿	112	16
	ごけいのぎ	御禊の儀	70・72	
	ここのえ（ここのへ）	九重		16
	ことのは	言の葉		7
	このえのたいしょう（このゑのたいしゃう）	近衛大将	79	
さ	さいいん（さいゐん）	斎院	82・108	

さくいん

注）読みの文字が赤字になっているものは、読み方注意！の用語です。

	読み（歴史的仮名遣い）	用語	物語編（マンガ）	別冊
あ	あおいまつり（あふひまつり）	葵祭り	72	32
	あおうまのせちえ（あをうまのせちゑ）	白馬の節会		32
	あがためしのじもく（あがためしのぢもく）	県召の除目	84	32
	あきのじもく（あきのぢもく）	秋の除目	84	32
	ありあけのつき	有明月		35
い	いかのいわい（いかのいはひ）	五十日の祝		22
	いさよいづき（いさよひづき）	十六夜月		35
	いせくだり	伊勢下り	82	
	いせじんぐう	伊勢神宮	82	
	いっぷたさいせい	一夫多妻制		2
	いまちづき（ゐまちづき）	居待ち月		35
	いらえ（いらへ）	答へ		4
う	ういこうぶり（うひかうぶり）	初冠	18	22
	うえびと（うへびと）	上人	19	21
	うきよ	憂き世		26
	うたあわせ（うたあはせ）	歌合せ	118	
	うだいじん	右大臣		21
	うちき	袿		12
	うぶやしない（うぶやしなひ）	産養ひ		22
	うんかく	雲客	19	21
え	えあわせ（えあはせ）	絵合せ	118	15
	えぼし	烏帽子		12
お	おうぎ（あふぎ）	扇		12
	おおとなぶら（おほとなぶら）	大殿油		11
	おと	音		3
	おぶつみょう（おぶつみゃう）	御仏名	202	32
	おんようどう（おんやうだう）	陰陽道	23	28
か	がいせきせいじ	外戚政治		19・21
	かいまみ	垣間見		3
	かえし（かへし）	返し		4
	かげんのつき	下弦の月		35
	かじきとう（かぢきたう）	加持祈禱	40	24
	かたたがえ（かたたがへ）	方違へ	23	28
	かたふたがり	方塞がり	23	28
	かもじんじゃ	賀茂神社	72・82	
	かものまつり	賀茂祭り	70・72	32
	かよいこん（かよひこん）	通ひ婚	22	2

新マンガゼミナール　パワーアップ版

古典世界を知るための知識・文学史

◀ この別冊は取り外せます。矢印の方向にゆっくり引っ張ってください。

Gakken

知識編

古典世界を
もっと知るために
もっと楽しむために

物語の背景に隠れている古典常識を知れば、物語がもっと立体的に見えてきます。マンガを読む⇨知識編を読む⇨マンガをもう一回読む…。このプロセスをたどれば、自然に古典常識が身につき，古典世界をよりいっそう楽しむことができるはずです！

男女の恋愛と結婚

現在とはまったく違った男女の恋愛のルールと結婚スタイル。古文では恋愛を扱うものも多いので、まずこれらの価値観の違いを押さえてください。

「一夫多妻制」と通ひ《イ》婚（「妻問ひ《イ》婚」）

葵《あおい》の上《うえ》、紫《むらさき》の上《うえ》、明石《あかし》の君《きみ》、六条《ろくじょうの》御《み》息所《やすどころ》、末摘花《すえつむはな》、花散里《はなちるさと》、夕顔《ゆうがお》、女三宮《おんなさんのみや》、藤壺《ふじつぼ》、朧月夜《おぼろづきよ》…、光源氏をめぐる女性たちはたくさん登場します。こんな光源氏を見て光源氏ってとんでもない女たらしだと思うのは、現代の感覚です。なぜなら、平安時代の貴族は「**一夫多妻制**」だったからです。

光源氏が複数の女性と関係をもち、妻とすることは、当時としては非倫理的なことではなかったのです（ただし、藤壺や朧月夜との関係は身内の妻との関係でしたから、これは当時の価値観でも不義理な行為です）。

結婚について現在と大きく違ったのはもう一点あります。それは**通ひ《イ》婚**（「**妻問ひ《イ》婚**」）といわれる形式だったことです。男が女の邸《やしき》に通うことで婚姻《こんいん》が成り立っていたのです。

当時は「一夫多妻制」。

「垣間見《かいまみ》」や「音《おと》」から始まる恋

源氏が若紫《わかむらさき》を見初《みそ》めるシーンがあります。まさに垣根の間からのぞき見しているシーンです。平安時代、男女がじかに顔を合わせる機会はほとんどありませんでした。だから男は**評判**（「**音**《おと》」といいます）を聞きつけては、これぞと思う女にアプローチをしたり、**垣根の間から、あるいは御簾《みす》や几帳《きちゃう》《チョウ》の隙間から女をのぞき見て**（「**垣間見**《かいまみ》」といいます）、恋心を募《つの》らせたのです。

（第三話「はかなき恋」p.32より）

当時は夫が妻のもとに通う**通ひ《イ》婚**「（**妻問ひ《イ》婚**」）がふつう。正式な結婚ではなく、恋人同士という関係でも、同じように男が女のもとに通った。そのため、古文で「**通ふ《ウ》**」とあればそれは、男（夫）が女（妻）のもとに行くという意味になる。

（第四話「運命の出会い」p.41より）

手紙と和歌でアプローチ開始

男は想いを寄せた女に「文《ふみ》」(手紙のことです。「消息《せうそこ》《ショウ》」ともいいます)を送ります。この手紙をとくに「懸想文《けさうぶみ》《ソウ》」といいます。恋文、ラブレターですね。ラブレターは和歌をメインとする手紙であるのが、平安時代の恋のルールです。和歌を受け取った女性は、返事を和歌で返します(「返歌《へんか》」。「答《いら》へ《エ》」「返《かへ》《カエ》し」ともいいます)。返事はすばやく、気のきいた内容でなければなりません。返事がすばやく、気のきいた内容であることを「当意即妙《とういそくみょう》」といいます。

身分の高い家柄の女の場合は、親がイエス・ノーの返事をすることもある。またその際に、親や和歌のうまい女房などが代わりに返歌をすることもあった。

玉鬘のもとには
懸想文《けさうぶみ》が山のように届いた
まーこんなに
どっさり
よし私が目を通そう…特に夢中なのはこの三人か…

(第十四話「青春の忘れ形見」p.152より)

5

〈和歌のやりとりは、男女がじかに取り交わすのではなく、
それぞれの従者や女房が取りついだ〉

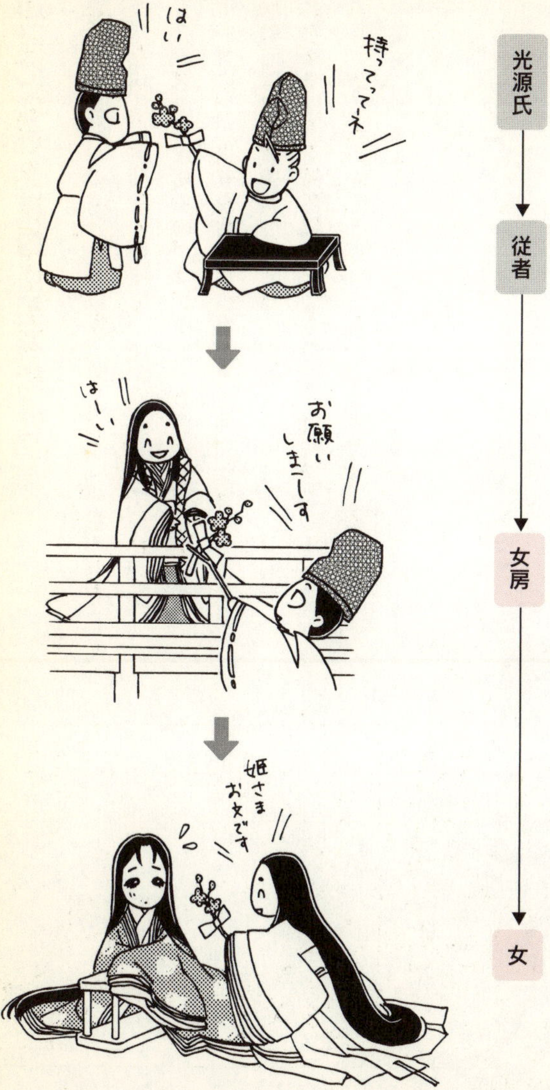

恋が愛になり、結婚に至るには？

文《ふみ》（手紙）と返歌のやりとりが続き、めでたく〝両思い〟ということになれば、男は女の部屋で一晩を過ごします。ただし、朝明るくなる前に男は帰るのがマナーでした。そして自宅に戻った男は、女に文を送ります。これを「後朝《きぬぎぬ》の文《ふみ》」といいます。男が女のもとに三日連続で通えば、結婚となります。三日目の夜に女の家では、新郎新婦となった男と女に餅をふるまいます。これは「三日夜《みかよ》の餅《もちひ》《モチイ》」というお祝いの儀式です。つづいて、男は女の家族に紹介されます。「所《ところ》（露《ところ》）顕《あらは》《アラワ》し」という婿《むこ》披露の儀式です。

（第八話「破滅」p.80より）

和歌

三十一文字に想いを込めて

男女の恋愛ツールでもある和歌ですが、それだけでなく和歌は平安貴族にとって男女問わず必須の教養でした。教養といえば、男の場合、漢詩も必須教養とされました。漢詩は中国の歌ですから、唐歌《からうた》（唐＝中国の王朝名）とも呼ばれます。和歌はこの唐歌に対して大和歌《やまとうた》（大和＝日本のこと）ともいいます。和歌の別称はほかにも「言《こと》の葉《は》」、「敷島《しきしま》の道」（敷島＝日本のこと）、「三十一文字《みそひともじ》」（五七五七七＝三十一文字なので）などがあります。

むつごとを　語りあはせむ　人もがな
うき世の夢も　なかば覚《さ》むやと

訳・親しい言葉を交わしあえる人がほしいのです
そうすれば浮き世（憂き世）の苦しい夢も
半ば覚めるかもしれないと思って

明けぬ夜に　やがてまどへ《エ》る心には
いづれを夢と　わきて語らむ《ン》

訳・明けることのない夜の
闇《やみ》を彷徨《さまよ》っている私には
どれを夢だと判断して
語ればよいのか
わかりません
あなたを夢から覚ますなんて
私にはできないのです

貴族の住まい

古典世界では寝殿造りとよばれる建築様式の家を舞台としています。寝殿造りの構造がわかれば、物語も立体的に見えてきますよ！

豪華絢爛《けんらん》たる寝殿造りの邸《やしき》

寝殿造り《しんでんづくり》の家の全体像を見ていきましょう。

家の主人の居間である**寝殿**《しんでん》を中心に、いろんな部屋が**渡殿**《わたどの》とよばれる廊下で結ばれています。寝殿造りの北にあるのが**北の対**《たい》。正妻の部屋です。正妻を**北の方**《かた》と呼ぶのはこのためです。そして、寝殿の左右にあるのが、主人の家族が住む**東の対**と**西の対**です。寝殿の前には庭（「**壺**《つぼ》」といいます）を挟んで池がたたえられています。池には**遣水**《やりみづ》《ミズ》という小川が引かれ、池の中央には**中島**《なかじま》が浮かびます。池と庭を眺められる位置にあるのが**釣殿**《つりどの》で、ここは宴会や納涼《のうりょう》などのときに使われました。邸《やしき》は**築地**《ついぢ》《ジ》という土塀《どべい》に囲われています。門は三か所。東西にある**東の門**、**西の門**、北側にある女性専用の**北の門**です。

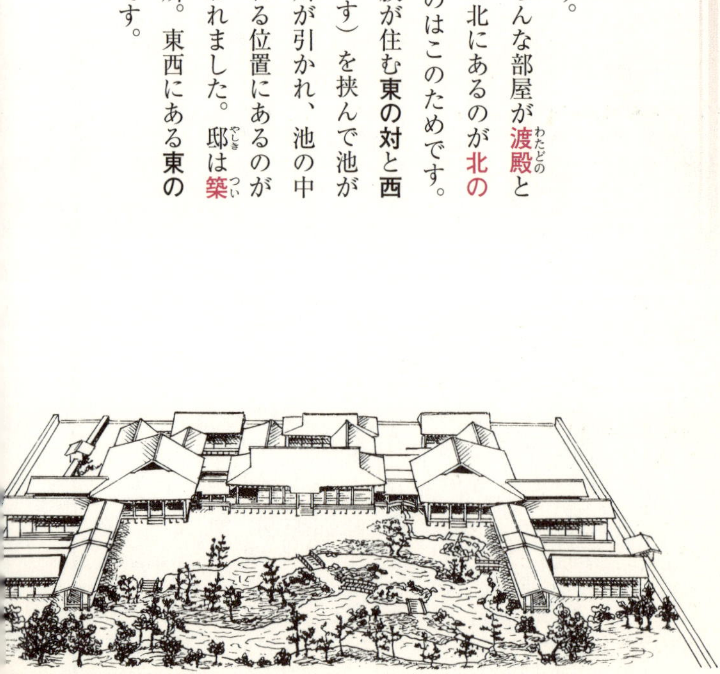

〈寝殿造りの概略図〉

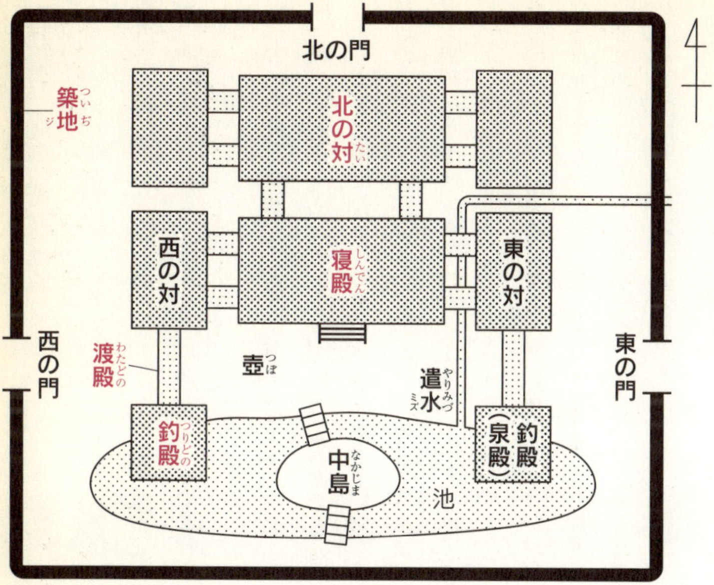
北の門
築地《ついぢ》
北の対《たい》
西の対
寝殿《しんでん》
東の対
西の門
渡殿《わたどの》
壺《つぼ》
遣水《やりみづ》
東の門
釣殿《つりどの》
釣殿（泉殿）
中島《なかじま》
池

歌え
呑めや

「寝殿」の部屋の中

つづいて、寝殿の部屋のつくりを見ていきましょう。
主人の部屋である母屋《もや》を囲うようにして廂《ひさし》の間《ま》があります。母屋と廂の間を分けるのは几《き》帳《ちゃう》《チョウ》や屏《びゃう》《ビョウ》風《ぶ》です。几帳とは移動式のカーテンと考えるとわかりやすいでしょう。
廂の間の外側には簀《す》の子《こ》と呼ばれる板敷きがあります。部屋へは、妻戸《つまど》（両開きの戸のこと）、あるいは遣戸《やりど》（引き戸のこと）から入ります。部屋には窓の役割をした格《かう》《コウ》子《し》や蔀《しとみ》がありました。これらの「窓」を開けたときに部屋の中が外から見えないように簾《すだれ》（御簾《みす》）を格子や蔀の内側に吊《つ》るしました。簾（御簾）はカーテンの役割をしていたのですね。
部屋のつくりは、風通しがよく夏には涼しく良かったのですが、冬は寒くてたいへんだったようです。また、採光には優れず、部屋の中は昼間でも薄暗く、照明設備も満足なものがなかったので、夜は手もと以外は何も見えないという状態でした。

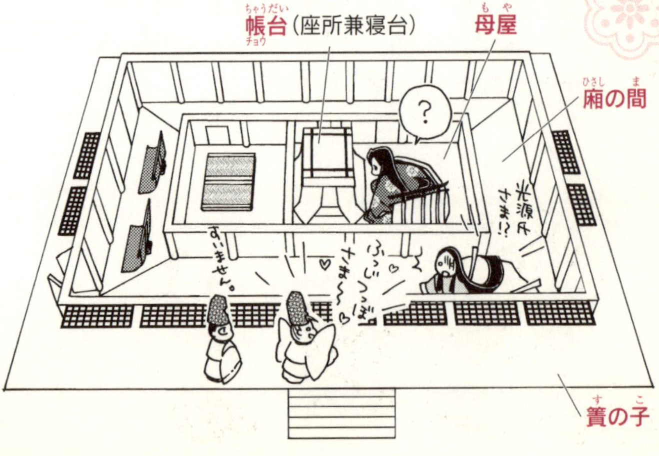

几帳《きちゃう》《チョウ》

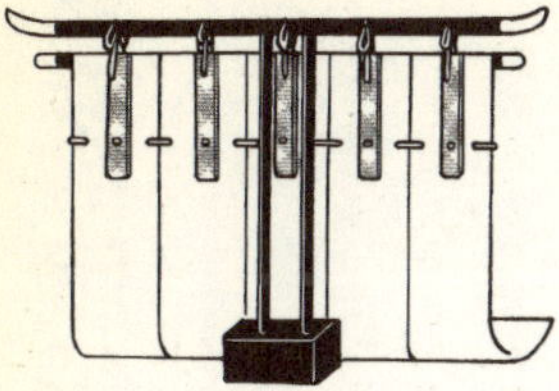

簾《すだれ》（御簾《みす》）

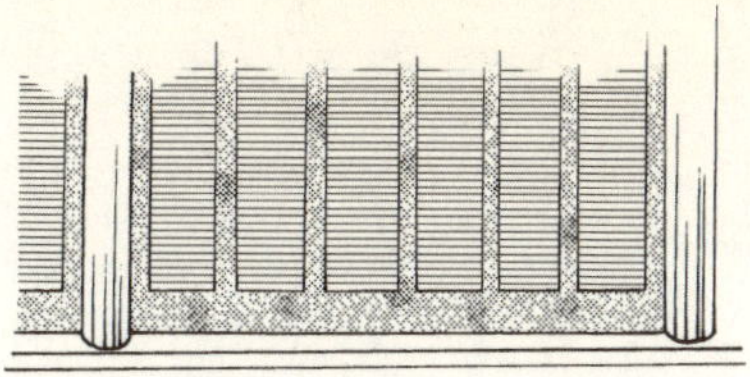

男女は几帳や簾（御簾）をへだてて会話をした。★参考→p.43の2コマ目

遣戸《やりど》
引き戸

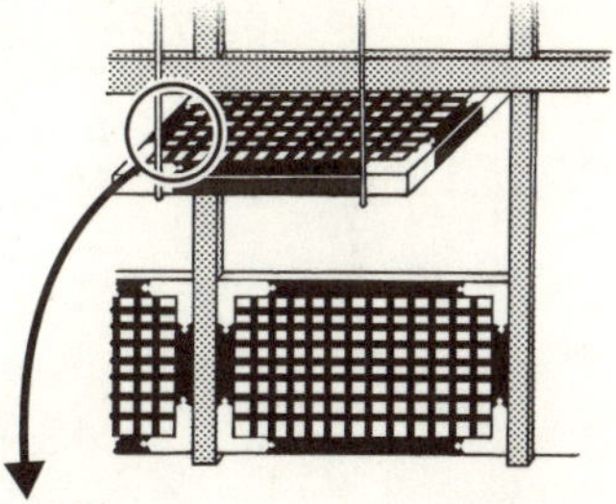

妻戸《つまど》
両開きの
板戸

格子《かうし》《コウ》

蔀《しとみ》

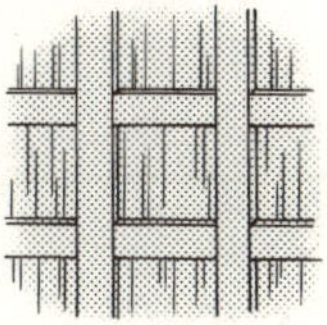

日の光や風雨を遮《さえぎ》るために、
格子の裏に板を張ったもの

炭櫃《すびつ》

火桶《ひをけ》《オケ》

大殿油《おほとなぶら》《オオ》

貴人の家の油の灯火のこと。室内の照明は大殿油など限られたものしかなかった。

貴族の服装

男女それぞれの正装と普段着の名称を知っておけば、服装からも人物関係や状況が類推できます。服装知識の理解が、古文の読解に役立つのです。

時と場合によって変えた服装→読解のヒントに！

平安時代の女性の代表的な服装は、俗に十二単《じふにひとへ》《ジュウ　エ》といいます。十二単とは十二枚の着物を重ねるという意味ですが、必ずしも十二枚だったわけではありません。季節や参加する儀式に合わせて重ねる着物の枚数を調整しました。

重ね着の一番上に羽織《はお》る着物を「唐衣《からぎぬ》」といいます。「唐衣」を羽織り「裳《も》」をつけて手に「扇《あふぎ》《オウギ》」を持てば、女性の正装（「女房装束《にょうばうさうぞく》《ボウ　ショウ》」といいます）となります。

唐衣や裳を取り、袿《うちき》という着物が一番上になった状態が普段着（略装）です。

一方、男性の正装を「束帯《そくたい》」といいます。袍《はう》《ホウ》を着て、冠《かうぶり》《コウブリ》をかぶり、笏《しゃく》を手に持てば、男性の正装のできあがりです。昼間宮中《きゅうちゅう》に参内《さんだい》するときの格好がこれです。昼《ひ》（日《ひ》）の装束《さうぞく》《ショウ》とも呼びます。

男性の略装は、直衣《なほし》《ノウ》と指貫《さしぬき》を着て、冠の代わりに烏帽子《えぼし》をかぶります。宮中での夜勤（「宿直《とのゐ》《イ》」）の際に着たので、宿直装束《とのゐさうぞく》《イ　ショウ》とも呼びます。略装では直衣のほかに狩衣《かりぎぬ》も覚えておいてください。

〈男女の正装と略装〉

男
女
「束帯《そくたい》」＝「昼《ひ》（日《ひ》）の装束《さうぞく》《ショウ》」
「女房装束《にょうばうさうぞく》《ボウショウ》」
正装
冠《かうぶり》《コウブリ》
袍《はう》《ホウ》
笏《しゃく》
太刀《たち》
扇《あふぎ》《オウギ》
単《ひとへ》《ヒトエ》
唐衣《からぎぬ》
裳《も》
重ね袿《うちき》
略装
烏帽子《えぼし》
直衣《なほし》《ノウ》
指貫《さしぬき》
袿《うちき》

※「宿直装束《とのゐさうぞく》《イショウ》」ともいう

貴族の生活を支えた人々

貴族たちの身の回りの生活を支えた人々を紹介します。

従者《ずさ》…家来、お供の者のことです。

＊前《さき》(先)…従者の中で、ご主人（貴族）が外出時、前にいる人々を追い払う役目の人のことです。また、追い払うこと自体も前（先）といいます。

牛車《ぎっしゃ》…牛に引かせた貴族の車です。乗る人の身分や用途によって装飾が違っていました。

舎人《とねり》…天皇や皇族を警護する人のことです。皇族だけでなく貴族につく場合もありました。

女房《にょうぼう》《ボウ》…宮中で部屋を与えられて住む上級の女官のこと。または、貴族に仕える女性のことです。「房」とは部屋のことです。

＊前（先）＝前駆《ぜんく(せんぐ)》ともいう

（第四話「運命の出会い」p.44より）

平安人の遊びと教養

男女共に深い教養があることが求められました。具体的には男は、**漢詩**、**和歌**、**漢学**、**管絃**《くゎんげん》《カン》、舞などが、女にも、習字、**和歌**、音楽などの教養が求められました。とくに、後宮《こうきゅう》に仕える女房たちであれば高い教養は必須条件でした。『源氏物語』の作者紫式部《むらさきしきぶ》も、こうした高い教養をもつ女房の一人だったのです。

遊びも教養と表裏一体です。「遊び」といえば、詩歌、管絃などのことをおもにいいました。ほかにも、**物合せ**や蹴鞠《けまり》などがありました。物合せといえば、物語でも光源氏と頭中将が**絵合せ**をするシーンがありました（↓p.118）。絵合せも物合せの一種です。

（第六話「驚愕の事実」p.63より）

華麗なる宮中の世界

天皇の生活の中心となった清涼殿と、天皇の妻たちの住まい（後宮）。どちらも古文で頻出の「舞台」です。位置関係などをよ～くアタマに刻み込んでください。

天皇家の人々の住まい

天皇とその家族の生活の場が**宮中**《きゅうちゅう》です。宮中は**内裏**《だいり》、**九重**《ここのへ》、**雲**《くも》**の上**《うへ》、**禁中**《きんちゅう》、**禁裏**《きんり》ともいいます。

宮中の中心は**紫宸殿**《ししんでん》という建物で、重要な儀式を執《と》り行う場所です。紫宸殿のすぐ隣にあるのが、**清涼殿**《せいりやうでん》です。天皇がふだんの生活を送る場所でした。

清涼殿の奥には十二の建物（**七殿五舎**《しちでんごしや》）があります。いずれも天皇の妻が住んだ場所で、これらを総称して**後宮**《こうきゅう》とよびます。

後宮の中で特に重要なのは**弘徽殿**《こきでん》と**藤壺**《ふじつぼ》です。どちらも有力な妻が住む場所でした。二つとも清涼殿の近くにありますが、逆に清涼殿から一番遠い**桐壺**《きりつぼ》には、もっとも有力でない妻が住みました。ちなみ

〈宮中概略図〉

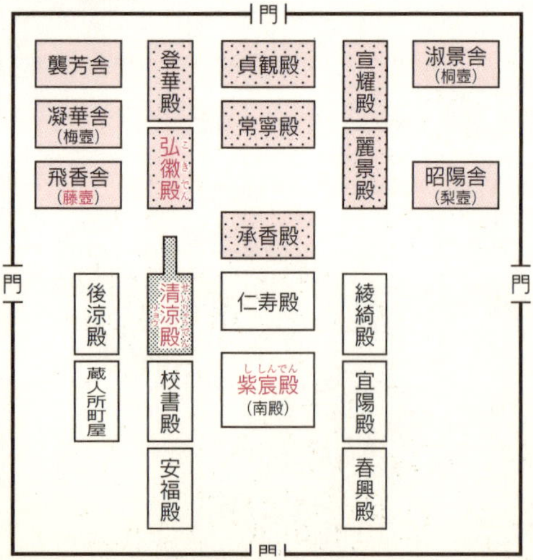

門
襲芳舎
登華殿
貞観殿
宣耀殿
淑景舎（桐壺）
凝華舎（梅壺）
常寧殿
弘徽殿
麗景殿
飛香舎（藤壺）
昭陽舎（梨壺）
承香殿
門
後涼殿
清涼殿
仁寿殿
綾綺殿
門
蔵人所町屋
校書殿
紫宸殿（南殿）
宜陽殿
安福殿
春興殿
門

＊清涼殿と七殿五舎は渡殿（渡り廊下）でつながっていた

得ることができたからです。こうして得た力で、政治を動かすことを**外戚《がいせき》政治**といいます。物語でも光源氏と頭中将が、お互いの娘が帝の寵愛を受けるために火花を散らせるシーンがありましたね。

中宮《ちゅうぐう》となるのは
頭中将側の
弘徽殿女御か
光源氏《ひかるげんじ》の梅壺か

(第十一話「政争」p.115より)

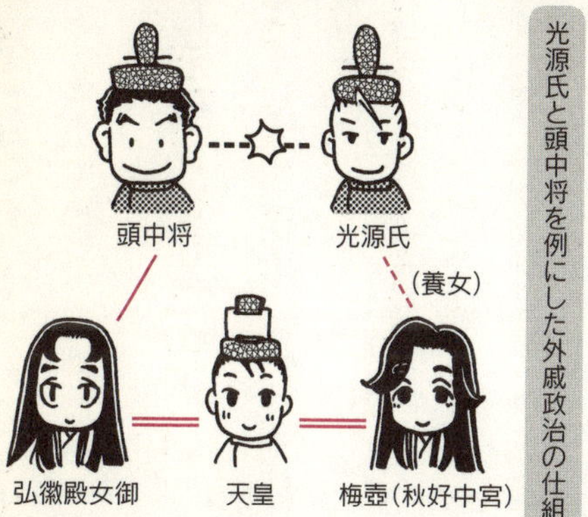
光源氏と頭中将を例にした外戚政治の仕組み図
頭中将
光源氏
(養女)
弘徽殿女御
天皇
梅壺(秋好中宮)

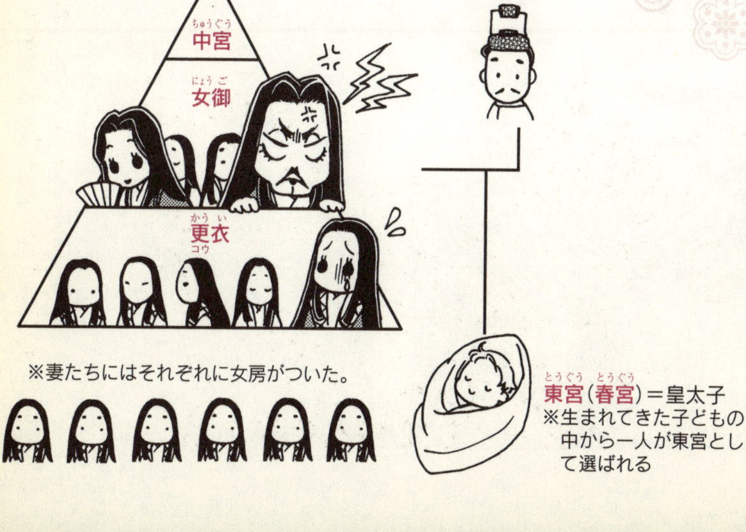
〈天皇の妻たち〉
中宮《ちゅうぐう》
女御《にょうご》
更衣《こうい》
コウ
※妻たちにはそれぞれに女房がついた。
天皇
東宮《とうぐう》(春宮《とうぐう》)=皇太子
※生まれてきた子どもの中から一人が東宮として選ばれる

宮中の貴族（男）たち

より高い地位を求めてしのぎを削った貴族たち。そんな彼らの人間模様や人間関係は、官位のシステムを理解することで、見えてきます。

「家柄」がものを言った出世争い

平安時代の日本の政治を担ったのは、天皇を中心とした貴族階級でした。貴族たちは権力を求め、より高い地位に上ることをめざしましたが、出世できるかどうかは家柄の良い悪いが大きく影響しました。

貴族たちがまずめざしたのは**五位の位**でした。五位以上四位の貴族は「殿《てん》上《じゃう》《ジョウ》人《びと》」とよばれます。天皇が日常いる場所である**清《せい》涼《りやう》《リョウ》殿《でん》**の「**殿《てん》上《じゃう》《ジョウ》の間《ま》**」に出入りを許された人たちという意味です。五位の次の節目は三位です。三位以上とは、国の政治を決める超重要なポスト。人数にしてわずか二十名前後だけの、選ばれし者たちでした。三位以上の人々は「上達部《かんだちめ》」とよばれました。

役職名と官位を覚えておくと、古文読解の助けになります。とはいえ、全部覚える必要はありません。左ページに紹介した役職名だけをアタマに入れておけば大丈夫です。

（第十三話「息子」 p.144より）

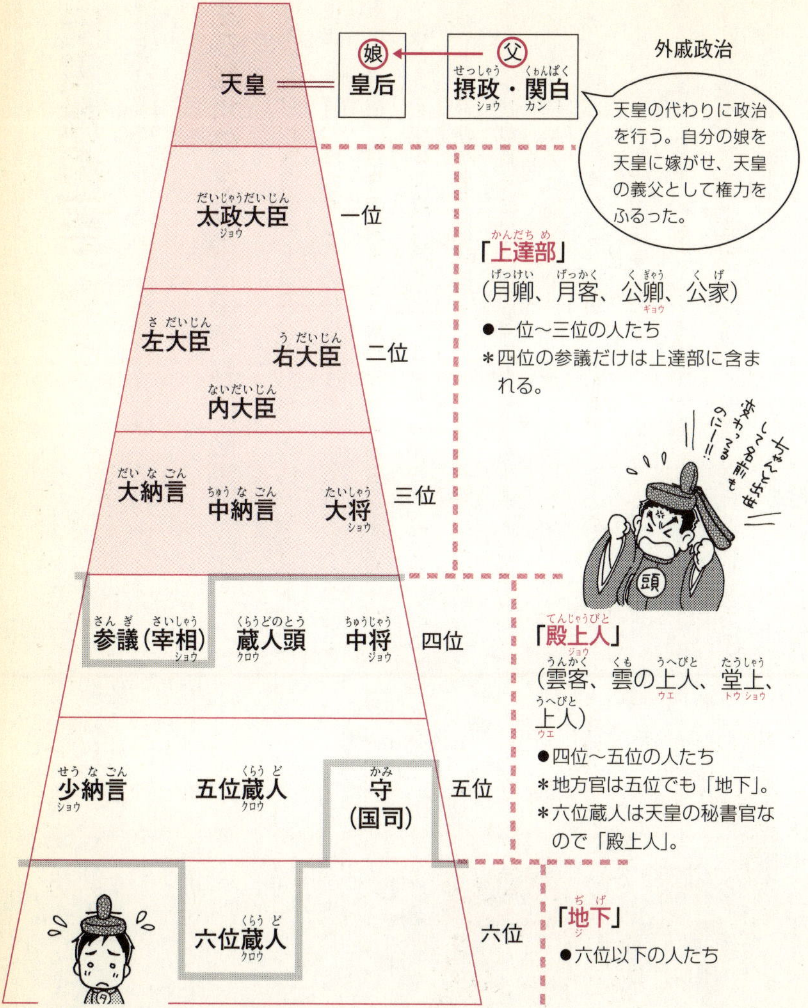

外戚政治
娘
父
天皇
皇后
摂政《せっしゃう》《ショウ》・関白《くゎんぱく》《カン》
天皇の代わりに政治を行う。自分の娘を天皇に嫁がせ、天皇の義父として権力をふるった。
太政大臣《だいじゃうだいじん》《ジョウ》
一位
左大臣《さだいじん》
右大臣《うだいじん》
内大臣《ないだいじん》
二位
大納言《だいなごん》
中納言《ちゅうなごん》
大将《たいしゃう》《ショウ》
三位
「上達部《かんだちめ》」
(月卿《げっけい》、月客《げっかく》、公卿《くぎゃう》《ギョウ》、公家《くげ》)
●一位〜三位の人たち
＊四位の参議だけは上達部に含まれる。
ちゃんと出世して名前も変わってるのにー!!
頭
参議《さんぎ》(宰相《さいしゃう》《ショウ》)
蔵人頭《くらうどのとう》《クロウ》
中将《ちゅうじゃう》《ジョウ》
四位
「殿上人《てんじゃうびと》《ジョウ》」
(雲客《うんかく》、雲《くも》の上人《うへびと》《ウエ》、堂上《たうしゃう》《トウ ショウ》、上人《うへびと》《ウエ》)
●四位〜五位の人たち
＊地方官は五位でも「地下」。
＊六位蔵人は天皇の秘書官なので「殿上人」。
少納言《せうなごん》《ショウ》
五位蔵人《くらうど》《クロウ》
守《かみ》(国司)
五位
六位蔵人《くらうど》《クロウ》
六位
「地下《ぢげ》《ジ》」
●六位以下の人たち

＊古典理解に最低限必要な官職名のみを紹介しています。

〔マメ知識〕頭中将は「蔵人頭である中将」の意味。

平安貴族の一生

平安の人々は十代前半で成人を、四十歳で長寿を祝いました。現在と比べるとかなり駆け足な人生だったのです。

わずか四十年余りの、華やかにも短き一生

誕生して三日目、五日目、七日目、九日目の夜に、**産養《うぶやしな》ひ《イ》**という誕生祝いが行われます。その後も五十日目と百日目に、それぞれ**五《い》十日《か》の祝《いはひ》《イワイ》**、**百日《ももか》の祝《いはひ》《イワイ》**という成長を祝う儀式があります。さらに三歳から七歳の間には**袴《はかま》着《ぎ》**というお祝いが行われます。これは文字どおり袴《はかま》を着る儀式です。

十二歳から十六歳ごろには、男の子も女の子も「成人」となります。男の子の成人式を「**元服《げんぶく》**」、「**初冠《うひかうぶり》《ウイコウブリ》**」、「**冠《かうぶり》《コウブリ》**」といいます。成人すると同時に官位も授かります。官位を授かるということは官位に応じた色と形の冠をかぶるということでもありました。だから成人式を、「**初冠**」「**冠**」というのですね。

女の子の成人式は「**裳着《もぎ》**」と呼びます。「**裳《も》**」をつけて、髪《かみ》上《あ》げをします。

平安時代の貴族の寿命は三十代後半くらいともいわれています。ですから四十歳といえば、もう十分に長寿といえた年齢でした。四十歳の節目を祝う儀式を「四十《しじふ》《ジュウ》の賀《が》」といいます。

どんなに栄華を極めようとも、避けられない死。古文では死を死と直接表現せずに婉曲《えんきょく》的に表現されます。「いふ《ウ》かひ《イ》なくなる」「はかなくなる」「いたづらになる」「むなしくなる」「いかにもなる」「隠る」「失《う》す」「消ゆ」「身罷《みまか》る」「見捨つ」。いずれも重要古語です。

人が死んだあとには、仏事の法要が行われます。葬儀・法事・法要を「後《のち》の業《わざ》」といいます。また、死後四十九日目を「七七日《なななぬか》」といい、その間、七日ごとに「七日七日《なぬかなぬか》」という供養が行われます。

病と加持祈禱

医療といえる医療のなかった時代、病気の原因は「物の怪」とされていました。不可思議なことや原因不明なことは、そのまま不可思議な何かのせいと考えたのですね。

原因不明の病気はすべて「物の怪」のせい

「物語」の中で、光源氏がわらは《ワ》やみを患《わずら》い、名高い僧に加《か》持《ぢ》《ジ》祈《き》禱《たう》《トウ》をしてもらいにいくシーンがあります。当時も医者はいたのですが、病に対する有効な治療方法はもっておらず、治りにくかったり原因がわからない場合は、すべて「物《もの》の怪《け》」のせいとされました。「物の怪」とは、悪霊などの不可思議な存在をいいます。病の原因が物の怪ですから、これを取り除くこと

北山《きたやま》
夕顔《ゆうがお》を失った悲しみのせいであろう
光源氏《ひかるげんじ》はわらは《ワ》やみを患《わず》った

（第四話「運命の出会い」p.40より）

が治療となります。具体的には僧に**加持祈禱**や**読《ど》経《きやう》《キョウ》**をしてもらうことでした。加持祈禱は**修《す》法《ほふ》《ホウ》**ともいいます。ちなみに、「**病になる**」を古語では「**わづ《ズ》らふ《ウ》**」「**あつし**」「**なやむ**」「**心地例《ここちれい》ならず**」「**心地悪し《ここちわる(わろ)》**」「**乱り心地《みだりごこち》**」「**おどろおどろしき心地《ここち》**」などと言います。「**治る**」は「**験《しるし(げん)》あり**」「**おこたる**」「**さは《ワ》やぐ**」です。

病 → **原因**＝「物の怪」→ **治療**＝「加持祈禱」→ **治る**

病：
「わづらふ」
「あつし」
「なやむ」
「心地例ならず」
「心地悪し」
「乱り心地」
「おどろおどろしき心地」

治療：
「修法」
「わざ(業)」

治る：
「験あり」
「おこたる」
「さはやぐ」

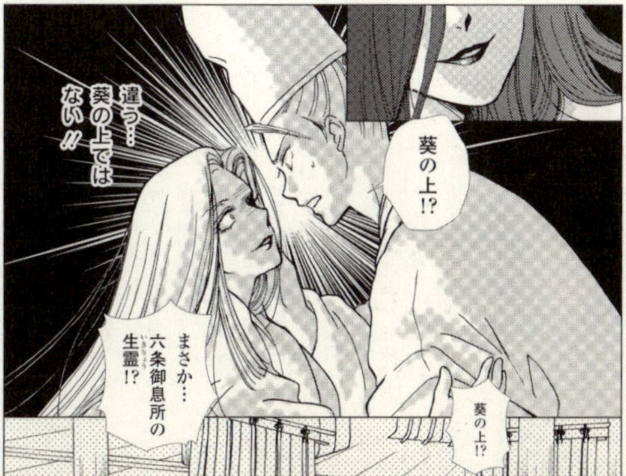

(第七話「生霊」p.75より)

「物の怪」は死霊であるとされていた。『源氏物語』に出てくるのは、生霊であるが、これは物語的演出であるといえる。

死生観と出家

現世の自分は前世の行いの結果。
そんな仏教的世界観に立っていた平安人は、来世での幸せを願って
日々読経を行い、出家を望んだのでした。

なぜ平安貴族は出家を望んだのか

「物語」のラストシーンで、光源氏は、自分の力ではどうにもならない、抗《あらが》えない何かに翻弄《ほんろう》される自分の人生を「宿世《すくせ》」によるものだったと悟ります。

「現世《げんせ》に起きた、人間の力で変えられないことは、すべて前世《ぜんせ》での行いの結果である」。こうした世界観を宿世観といいます。宿世は仏教語です。当時の世界観は仏教的世界観が中心だったのですね。仏教的世界観でもう一つ覚えてほしいのは無常観《むじょうかん》です。常《つね》なるものは無い、すべてのものは絶えず生まれては消えていくという考え方です。抗うことのできない宿世と、死は避けられないものであるという認識は、現世を辛《つら》くはかない、苦しみの多いもの（「憂《う》き世《よ》」）と捉《とら》える考えにつながります。

（第十八話「雲隠れ」p.200より）

「憂き世」を逃れ、仏門に入ることを出家といいます。物語で紫の上が出家を懇願《こんがん》するのを最後まで光源氏が許さなかったのは、出家するということは、それまでの男女関係や家族関係をすべて断ち切るということでもあったからです。

出家を意味する古語には「世を捨つ」「世を離《か》る」「様《さま》を変ふ《ウ》」「発心《ほっしん》す」「頭《かしら》おろす」「御髪《みぐし》おろす」などがあります。「やつす」「やつる」なども文脈によっては出家の意味となるときがあります。

年老いて光源氏さまが
私から離れて
しまう前に…
自分から世を
捨てて
しまおう…
光源氏さま…
出家を許して
いただけない
でしょうか…
（第十七話「時の移ろい」p.185より）

陰陽道

中国の自然哲学思想から発展した陰陽道は、日本では占いとして定着。日常的風習から政治的判断に至るまであらゆる側面で平安人の行動指針となっていました。

縁起の良い悪いで決まった日々の行動

物語の前半（p.23）に、葵《あおい》の上《うえ》に引き止められようとした光源氏が、「**方塞《かたふた》がりです**」とこたえるシーンがあります。

陰陽道《おんやうだう》《ヨウドウ》では日によって縁起の悪い方角が決められていて、その日はその方角には行けないとされていました。これを**方塞《かたふた》がり**といいます。どうしてもその方角に行きたいときは、**方違《かたたが》へ《エ》**といって、方塞がりでない方角にある家（「**中宿《なかやど》り**」といいます）に泊まって、目的地へ向かうという方法がとられました。

陰陽道は方角についてだけでなく、日取りについても縁起の良い悪いを決めていました。凶日とされた日には、身を清めて家に閉じこもり、来客も受けつけてはいけないとされました。この風習を**物忌《ものい》み**といいます。

凶日に関連してもう一つ覚えておいてほしいのは、**庚《かう》《コウ》申《しん》待《ま》ち**

（第二話「満たされぬ想い」p.23より）

という風習です。庚申の日の夜に寝てしまうと、「三尸《さんし》」という虫が災いをもたらすとされたので、一晩中寝ないで過ごしたのです。

〈方塞《かたふた》がりと方違《かたたが》へ《エ》〉

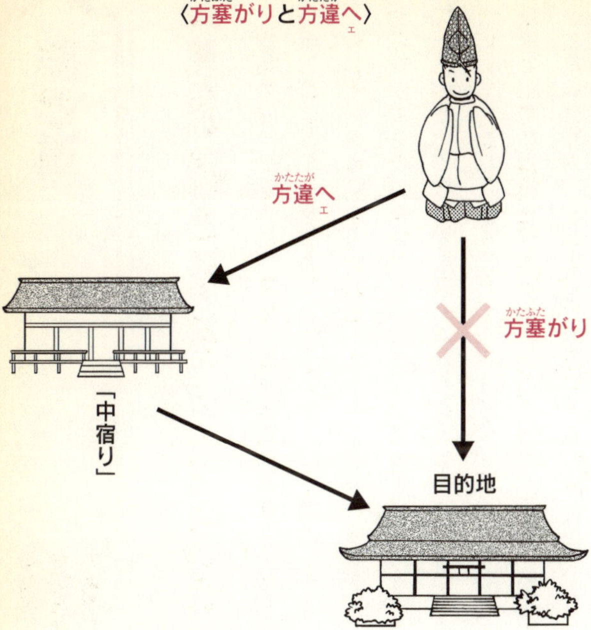
方違《かたたが》へ《エ》
方塞《かたふた》がり
「中宿り」
目的地

〈物忌み〉

物忌
…とてだなー
●●ちゃん どうしてるかなー
●●ちゃんにも 会いたいよー

〈庚申《かうしん》《コウ》待《ま》ち〉

寝たら 死ぬぞー!!
うつら〜
すー
頭
光
でも ちょっと 見てみたい

夢と現

夢や占いを現実のものととらえた平安の人々。夢はロマンチックなものなんかじゃなく、現実生活に影響を及ぼす神秘的な力を持つものとされていました。

夢と現《うつつ》（現実）は表裏一体

古典世界（平安時代）では、**夢**は現実と表裏一体のものと考えられていました。どんな夢であってもそれをただの夢とは考えず、**夢解《と》き**という人にその夢が何を意味しているか占ってもらいました（「**夢占**《ゆめうら》」）。物語のなかでも夢は重要なキーポイントとして登場します（夢解きによって三人の子どもの将来を知らされたシーンを思い出してください）。

占いといえば、夢占以外にもさまざまな占いが行われ、その占いの結果は実際的な行動指針とされました。物語の冒頭で光源氏が**臣籍降下**《しんせきこうか》とされたのも**相人**《さうにん》《ソウ》（人相を見る人）による占いの結果でした。夢や占いをもとに重大なことまで決めていたなんて、現代の感覚からしたらちょっと信じられませんが、こうした感覚の理解も古典世界を理解する重要なポイントなんです。

ちなみに、夢占の結果、良い夢（「吉夢」）だった場合は、人には話さ

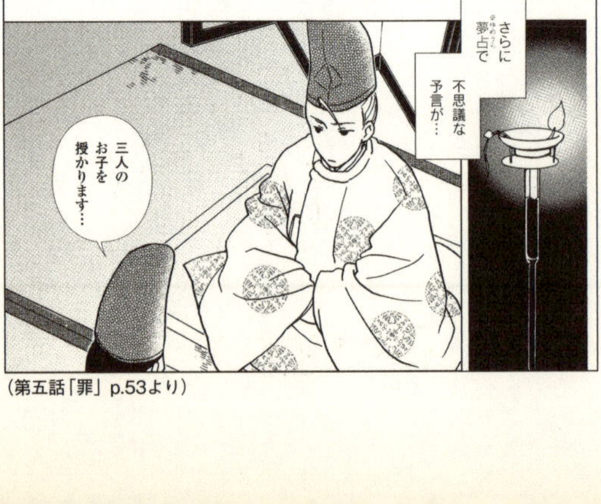
さらに夢占《ゆめうら》で
不思議な予言が…
三人のお子を授かります…

（第五話「罪」p.53より）

ず内緒にします。人に話すと吉夢が実現しなくなってしまうからです。そして、悪い夢（「凶夢《きょうむ》」）だった場合は、夢違《ゆめたが》へ《エ》という儀式をして、凶夢を吉夢へと変えるのです。

光源氏さまの人相は
天資聡明
まさに帝にふさわしき
相…ただ
帝になれば
世は乱れます
かといって臣下になって
国政を助ける相でもない
まことに
不思議な相です

（第一話「光源氏誕生」p.20より）

臣籍降下ね
ガーン
占いできめたの!?

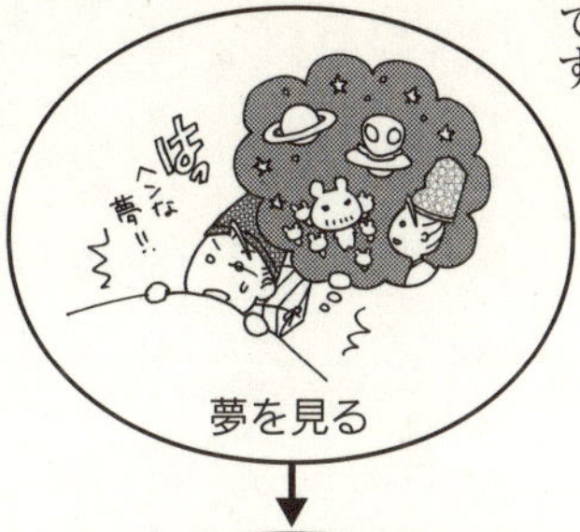
はっ
ヘンな夢!!
夢を見る

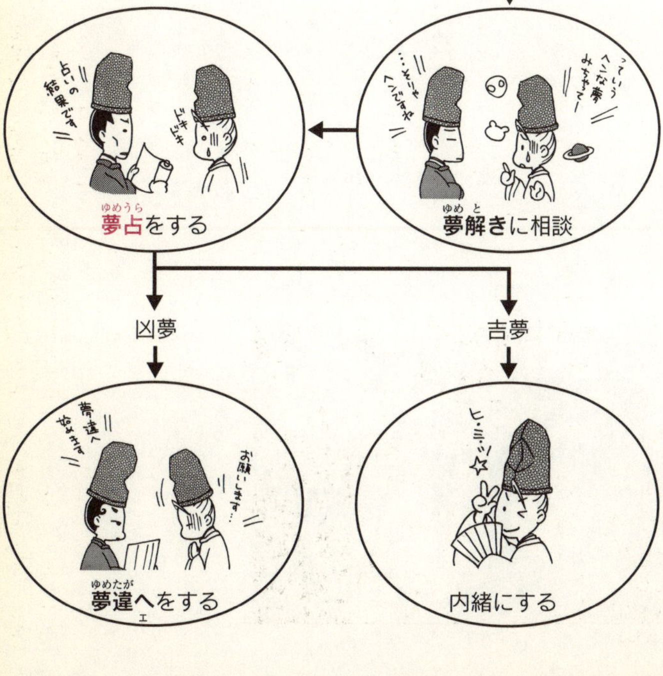
っていうヘンな夢みちゃって
…そりゃヘンですね
夢解《ゆめと》きに相談
占いの結果です
ドキドキ
夢占《ゆめうら》をする
凶夢
吉夢
夢違へ始めます
お願いします…
夢違《ゆめたが》へ《エ》をする
ヒ・ミ・ツ☆
内緒にする

年中行事

平安期、宮中における儀式は政治とほぼイコールの関係でした。今に残る雛《ひな》祭りなどの行事も当時は国としての大切な行事だったのです。

平安時代の貴族にとって儀式はとても大切なことでした。古文にも年中行事の様子が数多く描かれています。つまりは、年中行事を知ることが古典世界の理解につながります。

■「**節会**《せちゑ》」　季節の変わり目に天皇が宮中《きゅうちゅう》に臣下を集めて開く宴会です。**白馬**《あをうま》**の節会**《せちゑ》（一月七日）、**上巳**《じゃうし》（三月三日）、**端午節会**《たんごのせちゑ》（五月五日）、**乞巧奠**《きかうでん》（七月七日）、**重陽節会**《ちょうやう》（九月九日）などがあります。

■**年末年始の行事**　元日には天皇が国家の安泰と豊作を祈願する**四方拝**《しはうはい》が、年末には、清涼殿《せいりやうでん》で僧侶が一年の罪の消滅と仏の加護を祈る**御仏名**《おぶつみやう》が行われました。

■**人事異動**　春には地方官を任命する「**春の除目**《ぢもく》（**県召の除目**《あがためし》）」が、秋には宮中の役人を任命する「**秋の除目**《ぢもく》（**司召の除目**《つかさめし》）」が行われます。

■**民間のお祭り**　物語でも出てきた**賀茂祭り**《かものまつ》（＝**葵祭り**《あふひまつ》）が重要です。とても大きなお祭りで、祭りといえばこの祭りのことをいいました。

（第七話「生霊」p.70より）“車争い”の舞台は「賀茂祭り」だった。

季節	月	異名	行事
春	一月	睦月《むつき》	1/1 四方拝《しはうはい》《ホウ》 1/7 白馬《あをうま》《アオ》の節会《せちゑ》《エ》・人日《じんじつ》 春《はる》の除目《ぢもく》《ジ》（県召《あがためし》の除目）
	二月	如月《きさらぎ》	
	三月	弥生《やよひ》《イ》	3/3 上巳《じやうし》《ジョウ》 ＊江戸期に民間行事「雛《ひな》祭り」として広まった。
夏	四月	卯月《うづき》	賀茂祭り《かものまつ》（葵祭り《あふひまつ》《アオイ》）
	五月	皐月《さつき》	5/5 端午節会《たんごのせちゑ》《エ》 賀茂《かも》の競馬《くらべうま》
	六月	水無月《みなづき》	
秋	七月	文月《ふづき(ふみづき)》	7/7 乞巧奠《きかうでん》《コウ》 ＊江戸期に民間行事「七夕《たなばた》」として広まった。
	八月	葉月《はづき》	8/15 仲秋観月《ちゅうしゅうのくゎんげつ》《カン》
	九月	長月《ながつき》	9/9 重陽節会《ちょうやうのせちゑ》《ヨウ》《エ》（菊の節句） 秋《あき》の除目《ぢもく》《ジ》（司召《つかさめし》の除目）
冬	十月	神無月《かんなづき》	
	十一月	霜月《しもつき》	新嘗祭《にひなめまつり》《ニイ》 ★新天皇による即位後初の新嘗祭は「大嘗会《だいじゃうゑ》《ジョウエ》」という
	十二月	師走《しはす》《ワス》	12/19～21 御仏名《おぶつみやう》《ミョウ》 追儺《ついな》（鬼やらひ《イ》）

月齢の名前

月齢《げつれい》とは日々変化する月の満ち欠けのこと。毎日その形を変える月には、形ごとに名前が付けられています。平安の人々が月をとても愛した証《あかし》ともいえますね。

平安時代の夜は真っ暗な闇《やみ》です。現在と違って電気はありませんでしたから、夜空の星々や煌々《こうこう》と輝く月は、現在とは比べものにならないくらい、まばゆい光を放っていたことでしょう。平安の人々は、この月が満ち欠けする様子を見て、さまざまな名前を考えました。また、月の満ち欠けはしばしば比喩的にも使われました。例えば、満月（「**望月**《もちづき》」といいます）は、欠けたところがないことから、完全なもののたとえとされました。反対に、欠けた月や雲に翳《かげ》る月はマイナスイメージになります。

＊「物語」の中でも、背景に月を入れて、登場人物の心理を表現しています。

もう一つ月についてチェックしてほしいのは、平安期の暦《こよみ》は、月の満ち欠けをもとにした**太陰暦**《たいいんれき》だったということです（現在の太陽暦とは一か月くらいのズレが生じるので、春夏秋冬の季節感も現在とはズレることにも注意してください）。

須磨の浦へと下った光源氏の身を案じる紫の上。背景の欠ける月が、光源氏のおかれた状況を暗に示している。
（第九話「この世の果て」p.92より）

上《じゃう》《ジョウ》弦《げん》の月・夕《ゆふ》《ユウ》月夜《づくよ》

二日月 2
三日月 3
七日月 7
八日月 8
九日月 9
十日余りの月 11
十三夜月 13（小望月《こもちづき》）

新月 30
（つごもり＝晦日）
＝
「月末」の意。
月の初めと月の終わりは、真っ暗な夜だった。

15 望月《もちづき》

16 十六夜《いさよひ》《イ》（の）月

やや遅れて出てくる月がためらっているように思えることから。古語で「いさよひ《イ》」は「ためらう」の意。

17 立《たち》待《ま》ち月

立ちながら待っているうちに出てくる月。

18 居《ゐ》《イ》待《ま》ち月

19 寝《ね》待《ま》ち（の）月

（出てくるのが遅いので）
寝て待つ月。
＝「臥《ふ》（し）待（ち）の月」

20 更《ふけ》待《ま》ち（の）月

22 二十日《はつか》余りの月

23 二十三夜月

下弦の月・有明月《ありあけのつき》

再び「新月」へ

＊月のイラストの数字は、陰暦の日にちをあらわします。 15（これ） 望月《もちづき》	＊**上弦の月**・**下弦の月**とは、月の形を弓にたとえた言い方。  上弦の月　下弦の月	＊有明月《ありあけのつき》とは「夜が明けてもまだ空に有る（浮かぶ）月」のことで、16日から20日過ぎの月のことをいう。男女の朝の別れの情景描写によく使われる。

古方位と古時刻

古典世界では、子《ね》丑《うし》寅《とら》卯《う》…の十二支で方位や時刻があらわされます。これらも大切な知識なので左の二つの表はしっかりとアタマに入れてくださいね。

古方位

古時刻

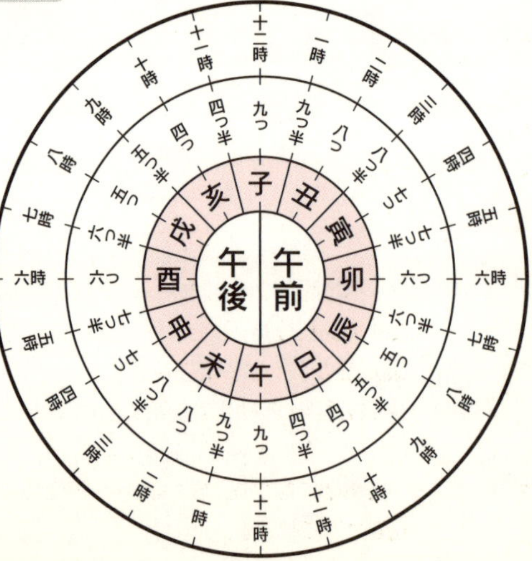

文学史編

源氏物語とその前後の文学作品を理解する

文学史には必ずその作品が誕生する必然性というものが存在します。どのような流れの中で源氏物語が生まれ、その後の文学作品にどのような影響を与えていったのか。源氏物語の前後の流れをとらえることによって、理解が一層深まります。
源氏物語前後の文学史は大学入試でもよく出題されています。

図解　源氏物語から見る文学史

源氏物語は、伝奇物語・歌物語の2つの流れから生まれました。
また、その後の時代の文学作品にも大きく影響を与えました。

平安

900

文学作品

伝奇《でんき》物語

幻想的な娯楽物語。作り物語（平安時代の架空の物語）の一種。

①竹取物語
②宇津保《うつほ》物語
③落窪《おちくぼ》物語

影響

歌物語

和歌を中心に構成された平安時代の読み物。

④伊勢物語
⑤大和物語
⑥平中《へいちゅう》物語

影響

ほかにも……

古今和歌集（905）
土佐日記（935）
後撰和歌集
蜻蛉《かげろう》日記

近代〜江戸

1200　1100　1000

⑦源氏物語

影響

⑧浜松中納言物語
⑨夜半の寝覚
⑩堤中納言物語
⑪狭衣物語
⑫とりかへばや物語（12世紀後半）

【源氏物語の影響】

◎好色一代男（井原西鶴）→浮世草子
◎偐紫《にせむらさき》田舎源氏（柳亭種彦）→合巻
◎源氏物語玉《たま》の小櫛《おぐし》（本居宣長）→注釈書
作品化▽樋口一葉
翻訳▽与謝野晶子、谷崎潤一郎、円地文子

枕草子（1000頃）
和泉式部日記
拾遺《しゅうい》和歌集
更級日記（1060頃）
大鏡（1100頃）

源氏物語前後の文学作品

おさえておきたい作品の概要を紹介します。

① 竹取物語

［成立］　9世紀末～10世紀初め（平安前期）
［作者］　未詳
［分類］　伝奇物語（最古の物語）　［構成］　1巻

内容

以下の3部で成り立っている。
かぐや姫の生い立ち▽竹取の翁が竹の中から約10センチほどの女の子を見つけて、育てる。かぐや姫と名づけられた女の子は3ヶ月ほどで光かがやく美しい姫に成長する。
5人の貴公子と帝の求婚▽求婚した5人の貴公子はかぐや姫の難題に屈服。帝まで求婚する。
月への昇天▽姫の月への昇天をとめようとする帝の兵たちが天人の前に戦意を喪失している間に、天の羽衣をまとまった姫は昇天してしまう。

② 宇津保物語

［成立］　10世紀後半（平安前期）
［作者］　未詳
［分類］　伝奇物語　［構成］　20巻から成る大長編。

内容

前半▽藤原仲忠を中心とする男たちの、貴宮への求婚話と琴の秘曲伝授。
後半▽東宮（皇太子）と結婚した貴宮の父の源正頼と仲忠の父の兼雅との政治権力の争いが中心。

③ 落窪物語

［成立］　10世紀後半（平安前期）
［作者］　未詳
［分類］　伝奇物語　［構成］　4巻

内容

母を亡くした女主人公（落窪の君）をいじめる継子いじめの話。姫が継母に虐待されるが、のち愛人を得て幸福になるという筋。

④ 伊勢物語

［成立］ 10世紀前半（平安前期）
［作者］ 未詳
［分類］ 歌物語
［構成］ 1巻、125段。

内容

在原業平を主人公と想定し、その男の成人から臨終までを一代記としてまとめたもの。各段とも歌があり、「昔男ありけり」（またはこれに類する書き出し）で始まる文章で、歌が詠まれた事情を書いている。「在五が物語」「在五中将日記」とも。

⑤ 大和物語

［成立］ 10世紀中頃（平安前期）
［作者］ 未詳
［分類］ 歌物語
［構成］ 2巻、173段。

内容

主人公は『伊勢物語』とは異なって統一性がなく、各章がそれぞれ独立している。

⑥ 平中物語

［成立］ 10世紀中頃（平安前期）
［作者］ 未詳
［分類］ 歌物語
［構成］ 1巻、39段。

内容

『古今集』時代の歌人、平貞文に関する歌物語。「平仲物語」「平中日記」「貞文日記」とも。

⑦ 源氏物語

［成立］　1004～1012年頃（平安中期）
［作者］　紫式部
［分類］　伝奇物語と歌物語の双方の性格をもつ作り物語の最高傑作。
［構成］　54帖に及ぶ大長編。3部構成。

内容

第1部▽光源氏の誕生から青年期（～33帖）。
第2部▽光源氏の晩年（～41帖）。
第3部▽源氏の子（実は柏木の子）の薫の悲恋（～54帖）。45帖以下が「宇治十帖」。

⑧ 浜松中納言物語

［成立］　11世紀中頃（平安中期）
［作者］　未詳（菅原孝標の女説あり）
［分類］　作り物語
［構成］　5巻

内容

浜松中納言がかなえられない恋に苦しむ物語。舞台は唐（中国）に及ぶ。『源氏物語』の影響は大きい。

⑨ 夜半の寝覚

［成立］　11世紀中頃（平安中期）
［作者］　未詳（菅原孝標の女説あり）
［分類］　作り物語
［構成］　5巻

内容

中納言が婚約者の大君の妹の中君と契ったばかりに生じる苦悩と困惑。『源氏物語』の影響は大。

⑩ 堤中納言物語

【成立】11世紀中頃（平安中期）
【作者】未詳（『逢坂越えぬ権中納言』は小式部が作者。）
【分類】作り物語
【構成】10編

内容
各編が個々に独立した短編物語集。貴族文化に対する風刺とその時代の退廃を描く。

⑪ 狭衣物語

【成立】11世紀中頃（平安中期）
【作者】六条斎院宣旨説が有力
【分類】作り物語
【構成】4巻

内容
狭衣中将（後に大将）と源氏宮との恋愛中心の長編。『源氏物語』の影響は大。

⑫ とりかへばや物語

【成立】12世紀後半（平安後期）
【作者】未詳
【分類】作り物語
【構成】4巻

内容
兄と妹が性をとりかえて育てられるが、様々な混乱の中、ハッピーエンドで幕を閉じる。興味本位の筋立てで、平安末期の不安な世相を反映している。

確認テスト

ここまでで学んだ内容をチェックしましょう。

1　歌物語と呼ばれるジャンルの作品を3つ選べ。

①落窪物語　②大和物語　③保元物語　④撰集抄　⑤夜半の寝覚　⑥平中物語
⑦伊勢物語　⑧大鏡　⑨建礼門院右京大夫集

（金沢女大・西南学院大）

2　作り物語といわれる作品を選べ。

①栄華物語　②宇津保物語　③曽我物語　④雨月物語　⑤今昔物語
⑥狭衣物語　⑦保元物語

（早大）

3　『源氏物語』以前に成立した作品を選べ。（複数解答）

4　『源氏物語』以降に成立した作品を選べ。（複数解答）

①堤中納言物語　②とりかへばや物語　③伊勢物語　④狭衣物語
⑤宇津保物語　⑥落窪物語　⑦竹取物語　⑧浜松中納言物語
⑨夜半の寝覚　⑩大和物語　⑪平中物語

解答

1　②・⑥・⑦

2　②・⑥

3　③・⑤・⑥・⑦・⑩・⑪

4　①・②・④・⑧・⑨

5

大和物語について正しいものを選べ。

①『竹取物語』についで古い歌物語で、作者不明の短編小説集。
②約３００の独立した説話を集めた歌物語の短編小説集。
③10世紀半ばに成立した歌物語。説話中心の短編小説集。
④11世紀初めの成立、「うばすて山」等を含む短編小説集。

（神奈川大）

6

『源氏物語』を徳川時代に通俗的な絵本にした作品を選べ。

①偐紫田舎源氏　②好色一代男　③大鏡
④とりかへばや物語　⑤源氏物語玉の小櫛

（金沢大）

7

『夜半の寝覚』とほぼ同時期に成立したものを選べ。

①源氏物語　②無名草子　③蜻蛉日記　④浜松中納言物語
⑤落窪物語　⑥土佐日記　⑦宇津保物語

（立命館大・改）

5　③
6　①
7　④

MEMO

MEMO

②